Alexandra Ledermann

Édition : Fabrice Le Jean & Joséphine Lacasse
Fabrication : Patrick Tollec
Graphisme : Nicolas Galy pour www.noook.fr

Éditions du Toucan
9 rue Maurice-Mallet
92130 Issy-les-Moulineaux

Isbn : 9782810002696
Loi n° 49-956 du 16 juillet 1949 sur les publications destinées à la jeunesse
Dépôt légal : avril 2009 - Edition 01
Numéro d'impression : 94963
Imprimé en France par CPI Firmin Didot

SILENCE !
On tourne...

Véronique Grisseaux

Toucan
jeunesse

Chapitre 1er

Mais que se passe-t-il ce matin au Haras de Brocéliande. Tout est calme, bien trop calme. Le vent, qui d'habitude fait trembler les peupliers près des écuries, a disparu. Il règne une ambiance bizarre, on a l'impression que le temps s'est arrêté, suspendu.

Martin, le palefrenier soigneur, regarde sa montre.

« Quoi ? il est déjà 10h15, soupire-t-il, et personne à l'horizon… »

Le Haras semble en effet désert, ce qui n'est vraiment pas normal à cette heure. Le Haras de Brocéliande est un établissement scolaire spécialisé dans l'équitation. Les élèves sont pensionnaires et suivent une formation sport-études. C'est une sorte de mini-campus avec un collège, un lycée, un pensionnat.

La célèbre championne française de saut d'obstacles, Alexandra Ledermann, y enseigne, c'est la coach préférée des élèves.

Martin a pourtant l'habitude de retrouver Alexandra Ledermann tous les matins à 9h30 dans la carrière avec les élèves pour leur leçon de saut d'obstacles. Pourtant, aujourd'hui, la carrière est vide.

« Ils sont peut-être partis en balade ? Mais non ! J'entends les chevaux hennir dans leurs boxes, pense Martin perplexe. Mais où peuvent-ils bien être ? »

Soudain, un énorme hurlement de joie venant de la salle de réunion fait sursauter le vieil homme et trembler les peupliers.

Martin se dirige en courant vers la fenêtre d'où vient de surgir le mystérieux cri. Il se sent rassuré quand il aperçoit par la vitre les élèves rassemblés autour d'Alexandra et, tout à côté d'elle, Erwan

Dantec, le directeur du Haras, le sourire aux lèvres.

La championne lit à haute voix, Martin n'arrive pas distinguer exactement de quoi il s'agit : une lettre, ou peut-être un mail ? Et pourquoi ne l'a-t-on pas convié à cette réunion improvisée ?

Chaque élève a l'air très attentif, excepté un petit groupe de quatre adolescents : Kim, Julien, Lisa et Viviane, qui sautent dans tous les sens tels des pantins désarticulés.

Il s'approche au plus près de la vitre et s'apprête à entrer. Mais il est trop tard, la lecture est terminée, le document est soigneusement replié et tout le monde se dirige vers la sortie.

Viviane se précipite vers Martin, telle une furie.

« Martin, c'est le plus beau jour de ma vie ! lui hurle-t-elle dans les oreilles.

– Tu te maries avec Julien ? ricane-t-il.

– Pfff ! N'importe quoi. » rougit la jeune fille.

Viviane est une très jolie fille avec de longs cheveux blonds, un visage rieur qui peut devenir parfois boudeur, car elle a un caractère bien trempé. Ce n'est pas vraiment une romantique. Elle a un petit cœur d'artichaut saupoudré d'une pincée d'égoïsme. Mais son élégance et sa beauté font chavirer tous les cœurs ! Même celui de Julien, la coqueluche du Haras, au regard bleu d'azur légendaire, a succombé au charme de Viviane.

« Je vais faire de la figuration dans *Un amour de Cheval*, tu te rends compte ? Je vais jouer avec Théo Guibert !

– Qui ça ? Théo qui ?

– Comment ? Tu ne connais pas Théo Guibert ? lui rétorque Viviane stupéfaite. C'est l'acteur qui joue le rôle de Samuel… Tu sais, c'est le feuilleton qui passe à la télé tous les mercredis à 19 heures.

– Quel navet ! l'interrompt Lisa qui vient de sortir à son tour. Je trouve ce sitcom complètement stupide et dégoulinant de mièvrerie. »

Lisa est un peu le garçon manqué de la bande. Avec ses cheveux courts, ses taches de rousseur et son caractère de cochon, elle est toujours à contre-courant des autres adolescentes ; elle a une personnalité très affirmée et un sens de l'humour inégalable. C'est une fille très attachante !

« Ah, d'accord ! Je comprends maintenant pourquoi tous les mercredis la sellerie est rangée n'importe comment, à la va-vite ! Tout ça pour aller regarder la télé… » se lamente Martin.

Viviane se retourne vers Lisa ; l'intervention de son amie l'agace légèrement. C'est vrai, de quoi se mêle-t-elle ?

« Ah ! oui ? Alors, si c'est vraiment aussi stupide que cela, pourquoi tous les mercredis à 19 heures précises es-tu scotchée devant la télé ? » lance-t-elle d'un ton moqueur.

Lisa ne réplique pas car elle n'a pas envie d'entrer dans une discussion qui se terminera irrémédiablement par une querelle. C'est vrai que, le mercredi, elle regarde ce feuilleton avec les autres, mais comme c'est le seul jour où les pensionnaires ont le droit de regarder la télé, ce soir-là elle fait comme tout le monde, pour changer de ses habitudes. Et puis, de toute façon, Lisa n'a pas à se justifier.

« OK, je reconnais que Théo Guibert est assez mignon, mais je persiste à dire que *Un amour de Cheval* est une série à l'eau de rose totalement débile.

– Tu es quand même bien contente de faire de la figuration dans ce feuilleton, non ?

– Mais c'est quoi, cette histoire de figuration ? Et d'ailleurs, ça veut dire quoi, *figuration* ? Je ne comprends rien à ce que vous me racontez, les filles, intervient Martin en se grattant le haut du crâne sur les quelques cheveux qu'il lui reste.

– Je vais tout t'expliquer, lui dit Viviane en l'attrapant par le bras.

– Eh bien, bon courage ! Ça risque de durer des heures ! lance Lisa au palefrenier. Moi, je vais aux écuries embrasser mon Gaylord, je ne lui ai pas fait son bisou du matin. Tchao !

– C'est ça, bon débarras ! murmure Viviane. Bon, continue-t-elle en se retournant vers Martin, Alexandra a reçu un mail du réalisateur de *Un amour de Cheval*, un certain… euh… Philippe Webster. Bref, il recherche quatre cavaliers et cavalières – Viviane fait alors une somptueuse révérence – tatatata !, pour faire de la figuration sur le tournage d’un épisode. Tu me suis toujours, là ?

– Mouais, mais tu ne m’as toujours pas dit ce que veut dire *faire de la figuration* ! insiste Martin.

– En fait, tu ne joues pas un rôle, mais tu es filmé avec les acteurs. »

La réponse de Viviane est succincte. Elle n’a pas vraiment envie d'entrer dans les détails. D’ailleurs, elle ne sait pas vraiment non plus elle–même ce que signifie exactement *faire de la figuration* ; elle se doute qu’on lui demandera de sourire, de monter son cheval adoré Sultan et de sauter des obstacles, tout cela en arrière-plan, mais toujours devant la caméra.

Viviane revient à la discussion au moment où Kim et Julien sortent de la salle de réunion.

« Donc, je continue, Alexandra a tout de suite pensé à moi.

– À nous et à nos chevaux, tu veux dire ! rectifient les garçons. Tu oublies Sultan, Désir, Gaylord et Fanfan ! »

Kim est un jeune adolescent de 13 ans d'origine asiatique, un garçon toujours de bonne humeur. Ses cheveux noirs en brosse, lui donnent un petit côté hérisson malicieux. Kim adore faire des tours de magie et remonter le moral des copains et des copines dans les moments difficiles. Tout le monde peut compter sur ce garçon vraiment sympathique et très drôle.

« Je n'ai pas fini ma phrase, renchérit Viviane en regardant Kim dans les yeux.

– Tu as devant toi, Martin, les futurs figurants du célèbre feuilleton qui fait exploser l'audimat… La classe, non ? »

Martin n'a pas tout compris, il sourit néanmoins et félicite chaleureusement les élèves qui semblent très heureux et tellement fiers de cette nouvelle !

Chapitre 2

Lisa rejoint les écuries et se dirige vers le box de Gaylord, son cheval adoré. À l'approche de la jeune fille, ce dernier se met à hennir et secoue sa crinière : il paraît si content de retrouver Lisa !

« Bonjour, Gaylord ! »

La jeune fille passe sa main sur les naseaux tout chauds de son cheval. Gaylord est une vraie passion, elle l'aime tellement qu'elle vient le voir dès qu'elle le peut, si bien qu'elle arrive régulièrement en retard en cours.

Gaylord a une robe isabelle, des poils crèmes et des crins noirs. Un cheval gentil, docile et courageux. Un amour de cheval...

« J'ai quelque chose à te dire, murmure Lisa à l'oreille de son cheval. Nous allons bientôt partir en région parisienne faire de la figuration dans une série télé. C'est pas cool, ça ? Toi et moi, on va devenir des stars ! »

Gaylord a l'air d'avoir compris, ses oreilles se mettent à bouger, un coup à droite, un coup à gauche, puis les vibrisses de son nez se mettent à chatouiller la nuque de Lisa, comme si le cheval voulait lui communiquer sa joie.

« Arrête, tu me chatouilles ! J'ai l'impression que ça te fait plaisir de faire tes premiers pas devant la caméra ! Coquin, va ! »

Lisa est heureuse et voudrait que ce moment passé à l'écurie avec son cheval dure une éternité. Elle a l'impression que son cheval comprend tout, qu'il ne lui manque que la parole.

Mais le charme est vite rompu par Viviane qui surgit près du box de Gaylord. Elle est arrivée sur la pointe des pieds pour surprendre Lisa.

« Ah ! ah ! ah ! Comme c'est touchant ! Finalement, madame Je-me-moque-de-faire-de-la-figuration est quand même très contente de participer à cette aventure télévisuelle, non ? Je me trompe ? »

Lisa se retourne vers Viviane, en se disant que décidément cette fille a le chic pour l'énerver, à croire qu'elle l'espionne pour lui lancer des piques au bon moment ! Les deux filles sont devenues amies à la rentrée, mais Viviane se comporte parfois comme une vraie peste, ce qui énerve profondément Lisa.

« Qui t'a dit que faire de la figuration ne m'intéressait pas ? J'ai juste dit que je n'aimais pas cette série, nuance ! lance Lisa tout en continuant à caresser son cheval entre les oreilles. Je trouve cette expérience de tournage *a priori* intéressante. Après, le contenu de la série… ça, c'est autre chose ! Ce feuilleton dégouline de sentiments amoureux tendance guimauve. *Je t'aime, tu m'aimes, on s'aime*… Pfff, moi, ça me fatigue ! »

Viviane ne comprend pas son amie : comment peut-elle parler de la série de cette manière ? C'est un feuilleton génial.

D'accord, il y a des histoires d'amour entre les héros, mais l'action se déroule dans un haras, le Haras du Loup, une école d'équitation où les acteurs sont pensionnaires, tout comme à Brocéliande. C'est incroyable, quand même, cette similitude ! Et puis, Théo Guibert, ce jeune acteur de 15 ans, joue remarquablement bien le rôle de Samuel, un des pensionnaires du Haras. Il est vraiment craquant dans la série. Tellement mignon !

Viviane n'ose pas avouer à Lisa qu'elle collectionne les posters et les photos de Théo Guibert, qu'elle découpe soigneusement dans les magazines. Non, elle ne le lui dira pas, elle sait très bien que Lisa se moquerait d'elle.

« Alors, comme ça, tu craques pour cet acteur de sitcom… Morte de rire ! » glousse Lisa.

Gaylord fait frémir ses naseaux.

« Tu vois, ça fait même rire Gaylord !

– Pousse-toi de là, idiote ! s'insurge Viviane.

– Oh ! tu te calmes ! » lui ordonne Lisa.

Le ton monte dans l'écurie, les chevaux sentent que les deux amies sont sur le point de se disputer comme c'est souvent le cas, d'ailleurs !

« Que se passe-t-il ici ? s'écrie Alexandra en entrant dans l'écurie. Il règne une certaine tension.

– Non, non, tout va bien, Alexandra. Viviane et moi, nous parlions de la série *Un amour de Cheval* et nos points de vue divergent légèrement.

– Légèrement ? Ah ! Ce n'est pas vraiment ce que j'aurais dit ! reprend Viviane en ricanant encore. Je dirais plutôt que nos points de vue sont complètement opposés. Lisa déteste ce feuilleton et, moi, je l'adore.

– D'accord, mais vous êtes quand même contentes de partir dans une semaine sur le tournage ? s'enquiert Alexandra.

– Bien sûûûûr ! » s'exclament Viviane et Lisa d'un élan commun.

Les deux amies exultent de joie à l'idée de partir en région parisienne rejoindre l'équipe d'une série télé qui cartonne. Alexandra est heureuse de voir ses deux élèves dans cet état.

« Je venais vous chercher car nous allons visionner les derniers épisodes de la série : épisodes 5 et 6 de la saison 2, je crois. Philippe Webster m'a demandé de vous les montrer afin que vous arriviez sur le tournage bien imprégnés de l'histoire.

– Waouh ! c'est génial ! La diffusion s'est arrêtée aux épisodes 1 et 2.

– On va enfin savoir si Samuel sort toujours avec Chloé ? renchérit Lisa.

– Dis donc, pour quelqu'un qui ne regarde pas ce feuilleton, tu as l'air bien au courant ! se moque Viviane.

– Vous êtes donc dispensées de cours ce matin, ainsi que Kim et Julien. Je tenais aussi à vous rappeler que les autres élèves de Brocéliande vous envient beaucoup d'avoir été choisis pour cette aventure. Alors, s'il vous plaît, restez vous-même, je ne veux pas entendre de remarques désagréables dans les couloirs du style "Moi, je vais faire du cinéma !". Le message est bien passé ? demande Alexandra.

Viviane et Lisa acquiescent solennellement.

Après cette petite mise au point, elles se dirigent toutes les trois vers la salle de réunion où a lieu la projection.

Kim et Julien sont déjà installés. Erwan Dantec, le directeur du Haras, vient de glisser le DVD dans le lecteur.

« Où étiez-vous ? s'énerve-t-il. Nous vous attendons depuis un moment pour commencer la projection.

– Désolée, mais je voulais annoncer la bonne nouvelle à Gaylord, il ne faut pas oublier que, sans lui, l'aventure n'aurait pas lieu ! » lui répond Lisa insolemment.

Le directeur ne veut plus perdre de temps et ferme les rideaux sans même remettre Lisa à sa place. Martin demande à Alexandra la permission de regarder le feuilleton avec eux. Viviane se retourne alors vers lui.

« Tu vas voir, Martin, tu vas devenir accro à ce feuilleton et, le mercredi, tu seras le premier dans la salle télé ! » lui dit-elle d'un ton assuré.

Martin hausse les épaules, sceptique.

« Silence ! Je mets le lecteur en route ! » ordonne Erwan.

Et c'est parti pour deux fois 26 minutes de feuilleton ! Une musique très entraînante emplit la salle, le générique commence. Viviane chantonne du bout des lèvres cette mélodie qu'elle connaît par cœur. Elle surprend Lisa en train de taper des pieds au rythme de la musique.

Le générique est toujours le même. C'est un plan large sur le Haras du Loup, puis un zoom avant sur un cavalier qui s'entraîne dans la carrière et gros plan sur ce cavalier qui n'est autre que Samuel, le héros de la série. Viviane se sent comme hypnotisée par l'écran.

Dire qu'elle va approcher en vrai Théo Guibert, *alias* Samuel. C'est incroyable !

Chapitre 3

Quelques jours se sont écoulés depuis l'avant-première. Quand, un matin, l'excitation est à son comble dans le dortoir, Viviane et Lisa, qui partagent la même chambre, sont en train de préparer leurs bagages.

Demain, c'est le grand jour : départ sur le tournage. On a l'impression de voir deux petites filles à l'approche de Noël : elles rient, pleurent de joie, sont indécises, ne savent pas quoi mettre dans leur valise.

« J'hésite ! confie Viviane à Lisa. Je ne sais pas si je dois emporter ma robe verte en velours ou ma robe marron avec les petits cœurs en strass.

– Je te rappelle que tu ne vas pas là-bas pour faire un défilé de mode. Je pense que ton équipement pour le saut d'obstacles est un peu plus approprié, non ? continue Lisa. N'oublie pas ta veste bleu marine, ta chemise blanche, ta culotte d'équitation, tes bottes noires et ta bombe. Le reste n'a pas vraiment d'importance ! »

En effet, les scènes qu'elles doivent tourner sont basées uniquement sur le saut d'obstacles et la randonnée équestre, alors la robe en strass n'est qu'accessoire !

Mais Viviane ne partage pas cet avis.

« Et le soir, après le tournage, il faudra bien se changer, non ? »

Lisa sait parfaitement comment va finir cette discussion, alors, pour détendre l'atmosphère, elle jette son oreiller au visage de son amie.

« Tiens, ça te calmera un peu ! », rigole Lisa.

Viviane s'empare alors d'un petit coussin et le balance à son tour à la tête de sa camarade. Les deux copines s'amusent comme des petites folles, une bataille d'oreillers s'engage. Les coussins volent, les éclats de rire résonnent dans la pièce.

Viviane saute sur le lit de Lisa afin d'esquiver un "coussin volant". Elles font un tel raffut qu'on les entend dans tout le bâtiment.

L'étage en dessous du leur se trouve être le dortoir des garçons.

Kim et Julien sont également en train de préparer leur valise dans leur chambre. Mais le bruit de cavalcade au-dessus de leur tête les intrigue. Que se passe-t-il à l'étage ? Ils ont tous deux envie de savoir et s'empressent de monter l'escalier quatre à quatre.

Malgré les chassés-croisés de coussins et d'oreillers, les deux filles ont entendu les garçons marcher dans le couloir elles décident de les attendre en se cachant contre la grosse armoire. La meilleure des cachettes !

Kim et Julien s'approchent de la chambre des filles et frappent à la porte. Le calme semble être soudainement et mystérieusement revenu.

Kim entrebâille la porte tout doucement et regarde par la fine ouverture. Personne : la chambre est totalement vide. Les deux garçons se regardent, perplexes.

« J'aurais juré qu'il y avait une bagarre ici, murmure Julien.

– Moi aussi » opine Kim.

Pourtant, la pièce semble désespérément vide, sans âme qui vive. Les deux garçons se regardent, près à repartir, quand soudain...

Un gigantesque cri de samouraï – « Banzaï ! » – surgit du côté de l'armoire et les garçons sont assaillis et ensevelis sous une tonne d'oreillers. Kim et Julien se prennent au jeu, et c'est reparti pour une joyeuse bataille.

Mais, soudain, Viviane se met à pousser un hurlement strident. Tout le monde s'arrête net. Les oreillers retombent au sol. Kim, Julien et Lisa se regardent, ne comprenant pas les raisons de ce cri.

« Arrêtez ! Maintenant, ça suffit ! Vous venez de renverser ma valise… Pfff, c'est malin, moi qui avais bien plié ma veste, elle est toute froissée ! Rentrez dans votre chambre, vous ne savez pas jouer, ça dégénère toujours avec vous !

– Quoi ?! Ce n'est quand même pas la fin du monde ? tente Julien en s'approchant de son amoureuse. Je te signale que c'est Lisa et toi qui avez commencé ! Vous nous avez attaqués avec… ça ! »

Julien termine sa phrase en se saisissant d'un oreiller, qu'il lance au visage de Viviane par jeu. Cette dernière ne trouve plus du tout cela amusant, une larme coule même le long de sa joue…

Julien pense lui avoir fait mal. Il se penche vers Viviane, tend les lèvres pour lui glisser un tendre baiser et lui demander pardon. Cette dernière recule et fusille son petit ami d'un regard noir.

« Laisse-moi ! Je suis obligée de refaire ma valise, maintenant, c'est malin.

– Excuse-moi, je ne voulais pas te faire mal avec le coussin.

– Qui t'a dit que j'ai eu mal ? l'agresse Viviane.

– Ben… je croyais que tu pleurais parce que…

– Je ne pleure pas, l'interrompt-elle, vraisemblablement très en colère. C'est juste que je suis fatiguée et stressée. On part demain et je ne suis pas prête, j'ai encore plein de choses à ranger et à mettre de côté. Alors sors de ma chambre !

– Hou, là, là… j'ai comme l'impression que c'est tendu de chez tendu ! chuchote Lisa à l'oreille de Kim.

– Et c'est valable pour toi aussi ! » s'empresse d'ajouter Viviane en s'adressant à Kim.

Lisa regarde Viviane d'un air décontenancé. C'est fou comme cette fille peut passer du rire aux larmes en un instant, elle ne comprend vraiment pas sa réaction. Les garçons rejoignent leur chambre sur la pointe des pieds. Julien lance un petit regard de détresse à Lisa qui hausse les épaules et lui dit tout doucement dans le creux de l'oreille :

« Je ne sais pas ce qu'elle a ! Mais ne t'inquiète pas ! »

L'ambiance est glaciale dans la chambre des filles. Viviane refait sa valise en silence pendant que Lisa range les oreillers qui se trouvent éparpillés par terre et sur le lit. Elle s'approche et tente de comprendre la réaction de son amie en la questionnant.

« Qu'est-ce qui t'a pris, Viviane?

– Je ne sais pas. Tout à coup, je me suis sentie angoissée, c'est peut-être le fait de partir demain. Oui, c'est ça, je crois que j'ai peur de rencontrer l'équipe du tournage, de voir le réalisateur, de ne pas être assez bonne pour la figuration, de croiser Théo Guibert et de… »

Viviane ne peut pas achever sa phrase et fond en larmes. Lisa se rapproche et la serre dans les bras.

« Mais pourquoi pleures-tu ? C'est normal d'avoir le trac, moi aussi, tu sais, même si je ne le montre pas, même si l'idée de faire de la figuration avec Gaylord m'amuse, ça m'impressionne beaucoup d'aller rencontrer l'équipe de *Un amour de Cheval* ! C'est une super aventure ! Mais attention… je trouve toujours cette série nulle ! »

Viviane sèche ses larmes, regarde Lisa et lui sourit. Si les deux filles se disputent régulièrement, elles n'en demeurent pas moins de bonnes amies et Viviane trouve très réconfortant d'avoir Lisa auprès d'elle.

« Tiens, mouche-toi, lui propose Lisa en lui tendant un paquet de mouchoirs. Tu sais quoi ? On terminera nos valises plus tard ! Ça te dirait d'aller à l'écurie ? J'en connais deux qui vont nous réconforter, tu vois de qui je veux parler ?

– Sultan et Gaylord, bien sûr ! OK, c'est une excellente idée ! »

En sortant de la chambre, Viviane pose une main sur l'épaule de Lisa.

« Merci, je suis très heureuse d'avoir une amie comme toi.

– Eh bien, pas moi ! »

Les deux filles éclatent de rire et se précipitent dans le couloir pour aller à l'écurie.

En passant dans le couloir, elles sont interceptées par Alexandra qui se dirigeait vers sa chambre.

« Où allez-vous comme ça, mesdemoiselles ?

– À l'écurie ! répondent Viviane et Lisa.

– Je vous rappelle que le départ est prévu demain à 10 heures…

– Oui, oui ! répondent-elles tout en continuant à marcher vers l'escalier qui les mène à la sortie.

– Donc vos valises sont prêtes ?

– On a presque terminé mais, avant de nous coucher, on voudrait passer un moment avec nos chevaux, juste un tout petit moment, c'est tout, et après on boucle nos valises. Promis ! »

Alexandra regarde ses deux élèves. Comment peut-elle leur interdire de passer un moment avec leurs chevaux ? À leur âge, elle aurait eu le même réflexe, elle aussi. Dès qu'elle avait un moment de libre, elle se précipitait à l'écurie pour passer du temps avec son cheval préféré.

« Hum… d'accord, cède finalement la coach. Je vous accorde dix minutes, mais pas une de plus ! »

Les deux amies s'approchent des boxes. La bonne odeur de foin et de cuir qui vient de la sellerie et qui embaume l'air les réconforte. Viviane respire profondément tout en fermant les yeux.

« J'adore cette odeur de foin, je trouve cela tellement enivrant ! Ça sent bon la campagne.

– L'écurie, tu veux dire ? renchérit Lisa. Moi aussi, cette odeur m'émeut, je me sens tellement bien ici, au milieu des chevaux. »

Des hennissements se font entendre : Sultan, Gaylord, mais aussi d'autres chevaux comme Fanfan et Désir ont reconnu les pas des jeunes filles et manifestent leur excitation.

C'est une agréable soirée de juin, l'air est doux, le vent caresse les peupliers, il fait encore jour et nos deux amies savourent ce moment inoubliable.

Lisa ouvre la porte du box de Gaylord, elle lui parle d'une voix apaisante et lui caresse les naseaux pour mettre l'animal en confiance, le rassurer. Viviane fait de même avec Sultan. Il n'y a plus un seul bruit dans les boxes excepté le léger vrombissement du souffle chaud des deux chevaux.

« Dis donc, Lisa, s'inquiète soudainement Viviane, tu crois que Martin a bien préparé les guêtres de Sultan et Gaylord ?

– Oui, bien sûr ! Martin connaît la procédure par cœur. Il n'en est pas à sa première fois, lui ! Regarde, toutes les protections pour le transport sont là. »

Effectivement, bien rangés en tas, près des boxes, plusieurs paires de guêtres qui servent à protéger les membres des chevaux quand ils voyagent, mais aussi des protèges-nuques, des cloches que l'on met sur les sabots, des licols rembourrés et des couvertures attendent les chevaux pour le départ demain matin.

Même si certains sont calmes et ont l'habitude de voyager en van, on ne peut pas prévoir les aléas de la route ; et puis l'enfermement perturbe certains chevaux et entraîne une agitation qui peut être dangereuse. C'est pour cela que les protections sont nécessaires.

Tout le monde est fin prêt pour la grande aventure. Épuisées, les filles regagnent le dortoir.

« Il faut que je t'avoue quelque chose, chuchote Viviane en sortant des écuries.

– Je t'écoute.

– C'est à propos de Julien. Euh, comment te dire... Je ne sais plus si je l'aime. » lâche Viviane en baissant les yeux.

Chapitre 4

Il est 6h30. Le téléphone portable de Viviane laisse échapper depuis un petit moment, une mélodie entraînante : *Relax… take it easy easy… Lalalala… easyyyyyyy !*

Lisa ouvre un œil et, encore tout endormie, s'adresse en grommelant à son amie qui est déjà en train de faire son lit.

« Mais, c'est quoi, ce cirque ? Il est quelle heure ? Éteins ce portable !

– Allez ! Debout, paresseuse ! Il est l'heure de se préparer au lieu de grogner comme un vieil ours, s'écrie Viviane déjà habillée, d'humeur vraisemblablement joviale.

– Oooh ! Du calme ! »

Lisa n'est pas du matin et déteste quand on la brusque de si bonne heure. Elle jette un œil à son réveil posé sur la table de chevet et explose dans une colère monstre.

« Mais il est 6h32 ? Tu es complètement malade ! »

Imperturbable, Viviane continue de faire son lit tout en chantant et s'adresse à Lisa, un grand sourire aux lèvres :

« Ce n'est pas ce matin que l'on doit partir sur le tournage ? »

Viviane a à peine terminé sa phrase que Lisa bondit de son lit.

« Tu as raison… et je n'ai pas terminé ma valise ! »

Paniquée, la jeune fille gesticule dans tous les sens, comme si un incendie venait de se déclarer dans le pensionnat. Elle se précipite vers son armoire. Viviane l'observe en riant.

C'est une journée exceptionnelle qui s'annonce.

Leurs bagages terminés, les deux filles rejoignent Kim, Julien et Alexandra au réfectoire pour le petit déjeuner.

Tous les pensionnaires de Brocéliande les félicitent, avec, dans leur regard, une lueur de jalousie.

Viviane a du mal à finir ses tartines : le stress du départ la gagne, elle ne peut rien avaler.

Du côté des boxes, Martin vient d'achever la préparation des chevaux, aidé de Gaspard, un jeune stagiaire palefrenier soigneur.

Tout le monde est prêt, il est 10 heures, l'heure prévue du départ.

Un gros camion dans lequel on peut transporter jusqu'à cinq chevaux attend Lisa, Viviane, Kim, Julien et Alexandra devant l'entrée. Les chevaux, eux, sont déjà dans le camion : ils marquent leur impatience en grattant le sol.

Erwan Dantec, le directeur, arrive d'un pas décidé pour leur souhaiter un bon voyage. Il s'assure que tout va bien ; il est heureux de les voir partir pour cette aventure, malgré une légère angoisse : Alexandra va beaucoup manquer au Haras, même si ce n'est que pour un court moment.

Julien s'installe près de Viviane et, tendrement, lui prend la main au moment où le camion démarre. Mais Viviane retire sa main d'un petit geste brusque et fait semblant de saluer le directeur et Martin.

Elle est ailleurs, elle ne pense plus à Julien, elle est déjà près de Théo. Julien ne comprend pas sa réaction, il la regarde saluer à travers la vitre, l'air absent.

Déjà la veille au soir Viviane avait eu une attitude improbable et incompréhensible, et là, par ce geste, elle récidive...

C'est sûrement l'appréhension du tournage, se force-t-il à croire. Mais le doute le gagne.

Le camion s'engage dans l'allée qui les mène sur l'autoroute, direction la région parisienne. Une fine pluie tombe et donne un petit côté nostalgique au départ.

Le voyage se déroule sans problème. Kim passe le temps en faisant des tours de magie, Lisa écoute de la musique sur son baladeur mp3, Julien s'endort et, petit à petit, sa tête tombe sur l'épaule de Viviane qui est toujours plongée dans ses rêves.

Elle s'imagine dîner en tête à tête avec le jeune acteur Théo Guibert et sent alors son cœur se resserrer, se réchauffer, palpiter. Elle ne pense plus qu'au moment où elle se trouvera face au héros de la série… Elle en oublie Julien qui somnole amoureusement sur son épaule.

Quelques kilomètres plus tard, Julien se réveille tout doucement. Il ouvre les yeux, et se trouve si bien blotti, sur l'épaule de Viviane. Comme il aime l'odeur de ses cheveux qui sentent l'abricot ! Il pose un doux regard sur cette fille dont il est tombé amoureux il y a quelques mois. Mais Viviane a toujours le regard perdu au loin à travers la vitre.

« Tu sembles bien absorbée, lui dit-il gentiment, en levant les yeux vers elle.

– Quoi ??? lui répond-elle sans détourner son regard.

– Je te disais juste que tu es absorbée dans tes pensées.

– Non ! répond Viviane agacée, en fixant son petit ami.

– Tu n’es franchement pas de bonne humeur, toi, depuis quelques jours ! »

Viviane se lève brusquement, drapée dans sa dignité, toise Julien et se dirige vers Lisa, qui est assise juste derrière.

« Laisse-moi tranquille, s’il te plaît. Je suis fatiguée en ce moment, et je n’ai pas envie que l’on me pose des questions. OK ? »

Lisa, malgré ses écouteurs, a compris la conversation et n’a pas la moindre envie d’intervenir. Viviane s’assoit à côté de son amie qui l’ignore et fait semblant de n’avoir rien entendu.Elle monte même le volume de son mp3.

Kim, quant à lui, vient également de saisir qu’il se passe quelque chose entre les amoureux…

Julien se retourne vers Viviane. Ses si jolis yeux clairs viennent de virer au bleu foncé. Il est en colère, blessé par le comportement de la jeune fille. Il n’a vraiment pas l’habitude de se faire traiter de la sorte.

« C’est quoi, cette attitude ? Ça veut dire quoi ? demande-t-il d’un ton sec.

– Écoute, j'ai envie d'être seule en ce moment, tu peux le comprendre ? Je n'ai pas envie de parler, je ne me sens pas très bien et puis... j'ai le mal des transports ! »

Julien détourne le visage. Kim s'assoit près de lui et passe doucement un bras autour de son épaule.

« Ça lui passera, elle est bizarre en ce moment…

– Peut–être, mais je suis sûr qu'elle me reproche quelque chose et j'aimerais savoir de quoi il s'agit.

– Allez… Une de perdue, dix de retrouvées ! tente Kim sur un ton jovial.

– Mouais, c'est vrai… Oh ! et puis je ne vais pas me prendre la tête pour une fille !

– Ah ! Je retrouve enfin le don Juan du Haras ! se réjouit Kim dont l'humour aide toujours à remonter le moral des autres. Éloigne-toi de Viviane quelque temps, lui conseille-t-il, tu verras, elle reviendra vers toi. Tu connais l'adage *Fuis-moi, je te suis ; suis-moi, je te fuis* ? Il fonctionne à tous les coups ! J'ai l'impression qu'elle t'a envoûté, cette fille !

– Oui, c'est un peu ça ! Tu as raison, je vais prendre mes distances. »

À l'avant du car, près du chauffeur, Alexandra a également saisi ce qui se joue entre les deux élèves. Cela ne l'inquiète pas, elle espère seulement que ces querelles d'amoureux ne gâcheront pas l'ambiance sur le tournage. C'est une belle promotion pour le Haras de Brocéliande, il serait vraiment dommage que l'expérience tourne au cauchemar…

Chapitre 5

Les cinq heures qui séparent le Haras de Brocéliande du lieu du tournage passent très rapidement. Le camion vient de quitter l'autoroute et prend la direction de la banlieue parisienne.

Très vite, une pancarte indique *Chanteloup*.

« On est presque arrivés ! » les informe Alexandra.

En effet, deux kilomètres plus loin, le camion arrive enfin. Le cœur de Viviane bat la chamade, elle transpire, elle a peur. Julien se retourne et l'observe. Viviane lui fait un petit signe d'amitié.

« Ah ! Quand même ! » murmure-t-il.

Tout le monde se penche à la fenêtre, curieux de faire connaissance avec les lieux. Le camion se gare finalement dans la cour d'un somptueux haras.

« Nous sommes dans un village en Brie, tout près de la capitale. C'est là que le réalisateur Philippe Webster a installé son équipe pour tourner des épisodes de *Un amour de Cheval*, explique Alexandra.

– Mais nous sommes dans un haras ! s'exclame Kim. Je croyais que la réalisation du feuilleton se déroulait dans un studio de cinéma.

– Tu sais, Kim, une grande partie de la série est filmée à l'extérieur, en décors naturels : dans la carrière, le manège, les prés, l'écurie, etc. C'est beaucoup plus facile de tourner dans un vrai haras, c'est une question de coût, aussi…

– Et pour les scènes d'intérieur ? se renseigne Lisa.

– Elles sont tournées dans le bâtiment que tu vois là-bas, répond la coach en montrant une aile du bâtiment. L'équipe a aménagé des plateaux avec des décors pour les scènes du réfectoire, du pensionnat et celles du bureau dans la bâtisse.

– Génial ! J'ai hâte de commencer ! s'exclame Lisa.

– Tiens, on dirait que tu as appris à aimer ce feuilleton ! plaisante Viviane.

– Vous savez, continue Alexandra, j'ai déjà visité le lieu il y a un mois, quand Philippe Webster m'a chargée de trouver des figurants. Je suis venue ici en repérage, je ne vous en ai pas parlé car c'était encore confidentiel. D'ailleurs, voilà Philippe ! »

Un homme d'une cinquantaine d'année, au style assez décontracté, portant un blouson de cuir noir sur une chemise en jean et des baskets rouge vif, s'approche du camion. Alexandra Ledermann et ses élèves descendent tout doucement du gigantesque van, très impressionnés.

« Bienvenue dans l'univers de *Un amour de cheval*, les accueille le réalisateur en tendant un joli bouquet de roses multicolores à Alexandra.

La championne est très touchée de cet accueil chaleureux.

Philippe Webster, satisfait de l'effet du bouquet, s'adresse désormais aux quatre amis :

« Et voilà nos jeunes figurants, futurs champions de CSO ! C'est bien cela ?

– Ils ont encore beaucoup de choses à apprendre

avant de devenir de grands champions, mais ils en ont la volonté et le courage. Je suis confiante pour eux ! » opine Alexandra.

Les adolescents ne savent plus où donner de la tête. Ils sont immédiatement happés par l'univers de la fabrication d'une série télé, une sorte de petite cité où chacun vaque à ses occupations.

« Waouh ! C'est vraiment impressionnant ! s'exclame Viviane tout en s'approchant de Philippe Webster d'un pas très assuré pour lui tendre une main ferme. Bonjour, je m'appelle Viviane, et je suis heureuse d'être ici. »

Lisa regarde son amie d'un œil agacé. Le fait que Viviane ait toujours besoin de se mettre grossièrement en avant l'énerve profondément…

Philippe Webster, quant à lui, est surpris par l'assurance de la jeune fille, mais est plutôt séduit par son aplomb. Il s'approche d'elle et lui passe un bras sur l'épaule.

« Je suis enchanté de vous recevoir au Haras du Loup. Mais n'oubliez pas que vous êtes là pour travailler !

– Ces fleurs sont magnifiques. Je vous remercie, rebondit Alexandra, attendrie par la délicate attention du réalisateur.

– Nous allons nous occuper de vos chevaux et après je vous montrerai où vous serez hébergés. »

Philippe en profite pour leur présenter Hubert, le palefrenier du plateau, qui vient d'ouvrir la porte du camion.

Au même instant, Théo Guibert s'approche du réalisateur, telle une star, un peignoir sur les épaules, sans adresser un regard aux nouveaux arrivants.

« Ça fait deux heures que j'attends que tout le monde soit disposé à tourner la scène des écuries. La régie a pris du retard, c'est intolérable ! J'en ai assez de patienter, je rentre et on se verra demain. Salut ! » grogne le jeune acteur en partant, très en colère, tel un enfant capricieux.

Alexandra observe Philippe dont le visage change soudainement d'expression : lui qui semblait si souriant et jovial a soudain l'air fatigué et exaspéré.

« C'est difficile, soupire le réalisateur, c'est très difficile de travailler avec Théo et de répondre à ses exigences… Bon, euh, je disais quoi ? Ah, oui ! Alexandra, venez avec moi, je vais vous montrer où les enfants et vous allez vous installer durant ce séjour.

– Si cela ne vous dérange pas, j'aimerais m'occuper des chevaux avant, lui demande Alexandra d'une toute petite voix. Elle a senti le trouble du réalisateur depuis l'incident avec Théo.

– Bien sûr ! Voyons ! Suivez Hubert, il va conduire les chevaux à l'écurie. On se verra après. »

Au loin, Viviane a remarqué Théo Guibert. Elle prend son courage à deux mains et s'avance vers lui en s'écriant :

« Bonjour ! Euh… je suis très contente de vous rencontrer… Euh… serait-il possible de vous demander un autographe… pour ma petite sœur ? On vient d'arriver pour faire de…

– Je ne signe aucun autographe sur le plateau » lui répond le jeune acteur d'un ton désinvolte.

Lisa observe la scène et glisse à l'oreille de Kim :

« Sa petite sœur ? Mais elle est fille unique !

– N'importe quoi ! Regarde ! Il ne l'écoute même pas, MONSIEUR l'acteur lui a coupé la parole.

– Mais qu'est-ce qu'il lui arrive ? se lamente Julien. Depuis quelque temps, je ne la reconnais plus !

– Hum, hum… J'ai comme l'impression que Viviane n'a d'yeux que pour cet acteur de sitcom, lance Kim en décoiffant Julien pour le narguer gentiment.

– Ho ! Ça va ! » maugrée Julien, l'œil légèrement embué.

Il commence à comprendre qu'il est en train de perdre Viviane. Sa distance, sa mauvaise humeur, son indifférence… Autant de preuves irréfutables.

Alexandra demande à Kim, Lisa et Julien de la suivre pour aider Hubert le palefrenier à s'occuper des chevaux. Après un si long voyage, ils ont besoin de soins particuliers.

Julien se précipite auprès de son cheval adoré, qui sort en premier du camion, et caresse le bout de son nez. Puis arrivent Gaylord, Désir et Sultan.

Ils sont conduits aux écuries. Les cavaliers sont fatigués par le voyage et un peu nerveux.

Viviane accourt vers Sultan, le prend par le licol et suit les autres. Elle rejoint Lisa et Gaylord.

« Alors, comme ça, tu as une petite sœur ? ironise Lisa.

– Quoi ? De quoi parles–tu ?

– *Serait–il possible de vous demander un autographe… pour ma petite sœur* ? Tu ne vois toujours pas de quoi je parle ?

– Oooh ! Je voulais juste dire bonjour à Théo Guibert et, comme j'étais impressionnée, j'ai raconté n'importe quoi.

– C'est ça, oui ! Bien sûr ! » s'esclaffe Lisa.

Viviane est très nerveuse et surtout excessivement vexée que Théo ne lui ait pas adressé la parole. Son cheval Sultan le sent et s'énerve. Il commence à hennir, à secouer la tête de haut en bas.

« Oh ! Sultan, tout doux ! » tente Viviane, un peu paniquée, pour calmer son fidèle compagnon.

La coach lui conseille de rassurer son cheval en lui parlant doucement.

Finalement, tout rentre dans l'ordre et les chevaux sont installés dans des boxes confortables.

La journée a été longue et le tournage doit commencer dès le lendemain. Exténué, chacun regagne sa chambre pour une bonne nuit réparatrice.

Chapitre 6

Le monde du cinéma – et tout ce qui gravite autour – est très attractif et séduit la plupart des personnes qui s'en approchent, mais, derrière les caméras, la participation de nombreux techniciens est nécessaire pour entendre résonner le célèbre *Action* qui marque le début d'une scène, et le non moins fameux *Coupez*.

De secrétaire de production à assistant réalisateur en passant par régisseur de plateau et assistant ou coordinateur de production, maquilleur, décorateur, scripte… de nombreux rôles sont à pourvoir sur un plateau. Ils sont tous aussi importants que celui des acteurs.

Dès l'aube, les élèves du Haras de Brocéliande sont immergés dans cet univers passionnant.

Tout s'agite autour d'eux. C'est leur premier jour de figuration.

« Alors, bien dormi ? Prêts pour le tournage ? » les accueille Alexandra.

Lisa a encore l'œil hagard, Julien est de mauvaise humeur et Viviane s'est apprêtée comme si elle allait danser. Kim, quant à lui, sourit béatement.

La coach en profite pour passer en revue la petite troupe. Tout le monde a revêtu son pantalon d'équitation, ses bottes, son blouson, ses gants, sa bombe, et ils tiennent tous leur cravache. Mais une chose qu'Alexandra ne supporte pas, c'est le maquillage à outrance.

« Viviane, s'il te plaît, j'aimerais que tu fasses un détour par la salle de bains pour te démaquiller. Nous ne sommes pas à Hollywood et encore moins au cirque ! Allez, va vite enlever ce rouge à lèvres et ce fard à paupières.

– Mais... mais... On va être filmés, alors je croyais ...

– L'équipe de maquilleurs s'en chargera, la rassure la coach. Allez, dépêche-toi ! Philippe nous attend près de l'écurie. »

Tout le monde est, en effet, prêt, rassemblé autour de l'écurie. La scène qui doit être tournée ce matin est une scène importante dans l'histoire du feuilleton. Samuel, le héros, joué par Théo, doit accueillir une nouvelle élève qui vient d'Australie. Cette jeune fille, prénommée Bridget, est accompagnée de sa jument Kimber. Elle vient juste d'arriver au Haras du Loup dans le but de se perfectionner au saut d'obstacles. Bridget est jouée par une jeune actrice anglaise, Caroline Dexter.

Pour leur première scène, Kim, Julien, Lisa et Viviane doivent panser leurs chevaux, ils seront en deuxième plan. Et, pendant que les figurants soigneront leur monture, Samuel arrivera tranquillement avec Bridget tout en discutant.

L'équipe est en place, mais Théo manque à l'appel, il n'est toujours pas là. Viviane, quant à elle, arrive en courant, un peu essoufflée mais démaquillée. Un jeune garçon qui ressemble un peu à Théo s'approche d'elle et lui tend une tasse.

« Bonjour, je m'appelle Virgile et je suis assistant de production, si tu as besoin de quoi que ce soit, fais-moi signe. Tiens, si tu en as envie, j'ai préparé du thé ! »

Viviane l'observe, étonnée, elle a soudain l'impression d'être une star ! Elle lui sourit gentiment.

« Merci, c'est très sympa. Moi, je m'appelle Viviane. Et ça consiste en quoi, exactement, *assistant de production* ?

– Ben… Je m'occupe du planning, je réserve le matériel pour le tournage, je sers de coordinateur entre chaque équipe, je copie les cassettes, je propose des cafés, des chocolats ou du thé…Tu sais, je suis plus un assistant qu'autre chose…Un peu l'homme à tout faire, quoi ! »

Alors que Viviane et Virgile font connaissance, le réalisateur commence à s'impatienter.

« Virgile ! Va me chercher Théo, s'il te plaît ! Dis-lui que le tournage n'attend que lui ! Que ses retards gênent tout le monde ! Bon, pour éviter de perdre trop de temps, nous allons faire des essais avec nos figurants.

– Tu vois… On a toujours besoin de moi ici, pour des basses besognes ! râle tout bas Virgile en souriant à Viviane.

L'assistant du réalisateur demande aux quatre amis de se mettre en place près de leurs chevaux respectifs. Leur brosse à la main.

« Montrez-moi ce que vous savez faire, les encourage Philippe. Pansez, curez les sabots, bref, j'attends de vous que vous prodiguiez ces soins avec des gestes précis et efficaces. Tout ça sans bruit et sans regarder la caméra ! *Un amour de cheval* est certes une série… légère, mais je tiens à ce que les soins aux chevaux et les cours d'équitation soient irréprochables. OK ? »

Lisa caresse son cher Gaylord et, d'un geste tendre, passe l'étrille comme elle a l'habitude de le faire chaque jour. Julien, Viviane et Kim font de même. Alexandra ressent soudain un petit élan de fierté en regardant ses élèves accomplir à la perfection ces tâches quotidiennes.

« Super ! s'écrie Philippe, bravo ! Je suis agréablement surpris. Je pensais qu'on serait obligé de répéter un bon moment mais, grâce à votre professionnalisme, cela sera inutile. On n'attend plus que Théo pour commencer à tourner.

– Me voilà, scande le jeune acteur en arrivant d'un pas nonchalant. »

Théo est vêtu d'une superbe veste bleue. Il passe tout près de Caroline et la regarde d'un air hautain.

« Ah ! salut ! C'est toi qui joues le rôle de Bridget. Moi c'est …

– Yes, je sais qui tu es ! On t'attend pour commencer à travailler depuis deux heures, je te signale ! le coupe la jeune Anglaise en se rapprochant de Virgile. Je peux avoir un thé bien chaud, s'il te plaît, car l'accueil du roi du sitcom, m'a légèrement refroidie ! » lance-t-elle en rigolant.

Virgile lui sourit et lui fait un petit clin d'œil complice.

Philippe se met soudainement à pousser un hurlement exaspéré.

« Tout le monde en place ! On tourne. Moteur ! »

La caméra suit les quatre amis pansant leur cheval. Le plan se resserre sur Lisa et Gaylord, puis la caméra se dirige vers Samuel, qui arrive, accompagné de Bridget et de sa jument Kimber.

Ils marchent tous les deux d'un pas assuré.

« Je suis vraiment content que tu sois parmi nous, clame-t-il en récitant son texte.

– Moi aussi, Samuel, répond Bridget en minaudant, je rêvais depuis si longtemps de venir m'entraîner ici, au célèbre Haras du Loup.

– Elle est magnifique ta jument.

– Elle s'appelle Kimber ! »

Ils se regardent intensément, une idylle est vraisemblablement en train de naître entre eux deux. La caméra fixe longuement les beaux yeux bleus de Samuel. Puis fait un plan plus large. Samuel sourit à Bridget. D'une main, il caresse Kimber, tandis que l'autre vient effleurer la main de la jeune fille, qui rougit instantanément.

En arrière-plan, Viviane, Kim, Julien et Lisa continuent de panser leur cheval en prenant garde de ne pas regarder la caméra. Alexandra observe la scène et lève son pouce en direction de ses élèves pour les encourager sans pour autant détourner leur attention.

« Coupez ! finit par hurler le réalisateur. C'est très bien. Avec le retard de Théo, nous n'avons pas le temps de faire de pause entre chaque prise. Scène suivante ! »

Philippe s'avance vers Alexandra pour lui donner plus d'explications sur les scènes à venir.

« Nous allons maintenant tourner la scène de saut d'obstacles. J'aurai besoin que tu diriges tes élèves. Le tutoiement est de coutume sur un tournage, Alexandra, j'espère que cela ne te dérange pas, c'est plus facile !

– Pas de problème !

– Parfait ! En fait, il faudrait que tu joues ton propre rôle. Les élèves s'entraînent avec toi, comme d'habitude, tout à fait normalement. Samuel et Bridget vous regardent vous entraîner près de la barrière. C'est à ce moment précis qu'il sont censés tomber amoureux… Et patati et patata, nous verrons plus tard pour la suite…

On cadre serré… À la fin de la scène, Théo embrasse Caroline. Surtout, n'oublie pas : fais comme si la caméra n'était pas là. OK ?

– OK ! » s'enthousiasme Alexandra.

Viviane est dans tous ses états, elle a peur de ne pas maîtriser ses sauts. Elle a un trac fou. Lisa lui susurre dans l'oreille :

« Tu n'as qu'à tomber de cheval, le beau Samuel viendra alors te secourir… Ce n'est pas totalement idiot comme technique d'approche, n'est-ce-pas ? »

Julien, qui se trouve juste à côté, n'a pas tout entendu, mais a cru comprendre qu'il s'agissait de Théo. Il fusille du regard Lisa. De quoi se mêle-t-elle ? pense-t-il.

Tout le monde est prêt, à cheval, n'attendant plus que les deux mots magiques : *Action* et *Moteur* !

« N'oubliez pas de mettre vos chevaux dans un bon rythme de galop, et de vous concentrer sur la direction en gardant votre cheval bien droit. Restez en équilibre sur vos étriers et gardez le contact avec la bouche du cheval.

Et, bien sûr, pensez à l'accompagner au moment du saut, répète encore Alexandra à ses élèves.

– OK reprennent-ils tous en chœur.

Tout le monde est en place. Philippe crie : « Moteur ! »

Chapitre 7

Le tournage se déroule à merveille, les jeunes cavaliers de Brocéliande excellent à l'obstacle.

Ils en arrivent même à oublier la caméra. Kim et son cheval Fanfan font des merveilles.

Les deux amoureux de la série, Samuel et Bridget, accoudés le long de la barrière, regardent les apprentis figurants exécuter leurs sauts.

Philippe vient de donner le top départ du tournage. La caméra se dirige vers les deux acteurs.

« Bridget, je ne sais pas comment te le dire, mais… je… je… » commence Samuel *alias* Théo.

Bridget *alias* Caroline baisse les yeux, lève la tête et sourit à Samuel qui lui prend la main.

« Samuel, je sais ce que tu vas dire… Moi aussi, je... je… »

L'acteur se penche, comme convenu, vers la jolie Bridget. Durant toute la scène, Kim, Lisa, Alexandra, Viviane et Julien, en arrière-plan, doivent continuer à s'entraîner sur les obstacles comme lors d'un cours classique.

La caméra zoome enfin sur les deux acteurs et capture le baiser langoureux attendu.

Viviane, de son côté, assiste, médusée, à ce fameux baiser de cinéma… Elle est troublée de voir Théo embrasser Caroline et, même si elle sait qu'il s'agit d'un jeu d'acteurs, elle ne peut s'empêcher d'éprouver un intense sentiment de jalousie. Sans pouvoir se contrôler davantage, elle cravache son cheval et ils percutent de plein fouet un oxer. Julien pousse un petit cri d'effroi :

« Ooooh !!!! Viviane, attention… »

La scène à peine terminée, Théo repousse brutalement sa partenaire et s'essuie les lèvres du revers de sa veste.

« Pouah ! Que c'est pénible de jouer avec toi ! grogne-t-il en s'adressant à Caroline, avant de se tourner vers Virgile, l'assistant. Un chocolat, s'il te plaît, dépêche-toi ! Je suis épuisé !

– Tu es le romantisme incarné, Théo ! C'est hallucinant ! Pourquoi te comportes-tu comme ça avec moi ? cherche à comprendre Caroline.

– Je voulais que Solène Briony joue le rôle de Bridget à ta place, mais elle était déjà prise sur un autre tournage. Alors ils t'ont choisie et je suis vraiment déçu. Voilà, tu sais tout. C'est pour cela qu'il m'est insupportable de jouer avec toi et surtout de t'embrasser. Virgiiiiiiile ! Je t'ai dit que je voulais de toute urgence un chocolat chaud ! Tu es là pour répondre à toutes mes exigences ! OK ? Alors qu'est-ce que tu attends ? »

Tout le monde est gêné d'assister à cette humiliation bête et gratuite ; c'est vraiment une scène navrante.

« Comment un garçon peut–il jouer un personnage comme Samuel, tellement romantique, tellement doux, tellement… et être aussi infect dans la vie ? C'est dingue ! lance Lisa à Julien et Kim.

– Ouais, tu en penses quoi, toi, Viviane ? insiste Kim.

– Oh ! Laissez-le tranquille, ce pauvre Théo… Ça doit être terrible d'être une star. C'est sûrement pour ça qu'il est énervé… Et puis le tournage est éprouvant ; chaque jour, il doit travailler sans relâche pour le succès de la série.

– OK, Théo est peut-être sur les nerfs avec le tournage, mais ce n'est pas une raison pour se comporter comme il vient de le faire avec Virgile et Caroline, c'est inadmissible ! Quelle grossièreté ! J'ai honte pour lui ! » renchérit Julien, énervé autant par le comportement de Théo que par celui de Viviane qui s'échine à défendre le bellâtre.

Le tournage nécessitant la présence des figurants touche à sa fin. Viviane demande la permission de ramener Sultan dans son box.

Elle éprouve l'envie de passer un moment seule avec lui. Elle veut oublier ce qu'elle vient de voir : Théo embrassant Caroline. Comme elle aurait voulu être à la place de la jeune actrice !

Alexandra, Kim, Julien et Lisa se dirigent également vers les boxes pour accompagner leurs chevaux et les féliciter de leur parfaite prestation.

Sur le chemin, ils assistent à une nouvelle altercation tout aussi gênante : Théo bouscule ostensiblement Caroline en passant près d'elle et lui renverse son chocolat chaud sur la main. La jeune fille sursaute et pousse un petit cri de douleur. Théo éclate de rire et continue son chemin, dans une totale indifférence.

« Je ne te comprends pas ! Pourquoi m'en veux-tu autant ? Qu'est-ce qui justifie un tel comportement ? Sache une chose : pour moi aussi, c'est un cauchemar de jouer dans la série avec quelqu'un comme toi ! Et si tu ne m'aimes pas, je ne t'aime pas non plus ! » lui crie Caroline en se frottant la main.

En gentleman, Kim lâche Fanfan et se précipite vers la jeune actrice.

« Il faut mettre une petite pommade sur ta brûlure, je vais demander à Virgile où est la trousse à pharmacie. »

Caroline est très touchée par la délicate attention de Kim. Elle le rassure sur l'état de sa main et lui propose d'aller boire un chocolat froid pour se remettre de ses émotions.

Alexandra est satisfaite du comportement de son élève.

« Kim, je m'occupe de ton cheval, lui propose-t-elle. Prends ton temps, tu as bien mérité une bonne collation ! »

Philippe, quant à lui, discute avec le décorateur des scènes intérieures du tournage de l'après-midi, quand l'assistant réalisateur les interrompt soudainement :

« Philiiiippe… il y a un problème ! scande–t–il tout essoufflé.

– Quoi ? Que se passe-t-il encore ?

– Je ne retrouve plus les enregistrements du tournage d'hier. Ils ont tout simplement disparu.

– Comment ça, *disparu* ?

– Oui, impossible de mettre la main sur les cassettes numériques.

– Ce n'est pas possible! Il faut les retrouver immédiatement ! hurle le réalisateur d'une voix éraillée.

– Cela fait un moment que l'on cherche partout, en vain. Elles se sont volatilisées ou…

– Ou ?

– Ou on nous les a volées.

– Mais c'est une catastrophe ! s'égosille de nouveau Philippe.

Un vent de panique s'installe sur le plateau. Toute l'équipe recherche frénétiquement les précieuses cassettes.

Chapitre 8

À l'écurie, l'ambiance est tout aussi tendue.

Viviane, Julien, Alexandra et Lisa pansent leurs chevaux, en silence. On entend juste le souffle des chevaux et le bruit des sabots qui tapent le sol. Lisa sifflote, Viviane boude, Julien l'observe du coin de l'œil. Seule Alexandra s'échine à détendre l'atmosphère.

« Bravo, je suis fière de vous ! Vous avez fait un excellent travail tout à l'heure ! »

Devant l'indifférence générale, elle décide de crever l'abcès.

« Que se passe–t–il ? Pourquoi êtes-vous si silencieux ? Vous semblez tristes et je nc comprends pas pourquoi.

– Tout va bien ! la rassure Lisa. On est juste un peu fatigués par cette matinée. Personnellement, je ne pensais pas qu'un tournage pouvait être si éprouvant. Et puis je trouve que Théo Guibert met une mauvaise ambiance sur le plateau. Je suis juste un peu déçue, c'est tout. »

En entendant le nom de son acteur fétiche, Viviane ne peut se contenir plus longtemps et intervient du fond du box de Sultan :

« Oh ! Ça va avec Théo, laissez-le un peu tranquille, ce pauvre garçon ! Vous ne l'aimez pas, on le sait, ce n'est pas la peine d'en faire une fixation et de le rendre responsable de votre fatigue et de la mauvaise ambiance !

– Viviane, pourquoi tu le défends toujours ? Tu as bien vu, tout comme nous, la façon dont il traite les gens, la façon dont il se comporte. Comment peux-tu lui trouver des circonstances atténuantes ? Des excuses sans fondement ? Il est nul, c'est tout !

– Pfff ! Tu ne comprends rien à rien… En fait, tu es jaloux de lui ! Ce que je peux tout à fait comprendre, d'ailleurs…

– Jaloux, moi ? Tu rigoles ! renchérit Julien, la voix tremblotante.

– Vous savez quoi ? lance Alexandra en essayant de redonner le sourire à ses élèves, un bon déjeuner va nous faire à tous le plus grand bien. Je vous propose qu'on se retrouve à la cafétéria dans dix minutes. OK ?

– Tu as raison ! lui répond Lisa. J'ai très faim !

– Bonne idée, s'exclame Kim qui vient juste d'arriver à l'écurie, accompagné de Caroline.

– Où étiez-vous ? s'enquiert Lisa.

– Je vous présente Caroline ! Je lui ai proposé de déjeuner avec nous, elle ne tourne pas cet après-midi. Étant donné que, nous aussi, nous avons quartier libre, on peut passer un moment ensemble, qu'en pensez-vous ?

– Avec plaisir ! Enchantée de faire ta connaissance. Moi, c'est Lisa.

– Bonjour ! Ça me fait du bien de rencontrer des gens sympas, car, comme vous avez pu le constater tout à l'heure, Théo n'est pas vraiment une personne agréable... »

Julien s'avance vers Caroline, tout sourire.

« Moi, je m'appelle Julien, et je te présente Alexandra Ledermann, qui est notre coach au Haras de Brocéliande. Oui, oui, c'est bien la célèbre championne de CSO !

– Je suis très honorée de faire votre connaissance ! J'ai suivi tous vos exploits, vous êtes impressionnante et un modèle dans toutes les écoles d'équitation d'Europe ! Je suis une vraie passionnée d'équitation. Mon coach anglais va être très jaloux quand je vais lui raconter que j'ai participé à un tournage avec vous !

– Moi aussi, je suis ravie de te rencontrer, merci beaucoup pour tes gentils compliments. Ils me touchent beaucoup ! Bon, je dois vous laisser, il faut que j'aille voir Philippe pour étudier le planning de la semaine. Alors on se retrouve au déjeuner ! »

Viviane, légèrement cachée derrière Sultan, observe attentivement Caroline. Elle ne peut s'empêcher de se repasser la scène du baiser... Un sentiment de jalousie l'envahit à nouveau et l'empêche d'apprécier la jeune Anglaise qui pourtant, semble très sympa.

« En parlant de Philippe, dit Kim, il n'est pas vraiment de bonne humeur, ils ont perdu les cassettes du tournage d'hier. Et ça a jeté un tel froid sur le plateau qu'on se croirait en Alaska !

– Merci pour l'info ! » le remercie Alexandra en quittant les boxes.

Caroline se dirige vers Sultan ; elle avance tout doucement la main pour le caresser.

« Oh ! Que tu es beau, toi ! »

Viviane se relève et regarde Caroline dans les yeux, fixement et avec une certaine agressivité.

« Il s'appelle Sultan et il n'aime pas que quelqu'un d'autre que moi le caresse, particulièrement quand je le panse. »

Lisa comprend rapidement que, si elle n'intervient pas, son amie va sauter à la gorge de la jeune fille.

« Je te présente Viviane, lui dit-elle. Vous vous êtes sûrement croisées tout à l'heure, quand tu jouais la scène sur la barrière.

– Probablement, mais tu sais, quand je joue, j'oublie un peu tout ce qui se passe autour de moi, je me concentre sur mon texte… Et puis tu as remarqué que donner la réplique à Théo, ce n'est pas du gâteau !

– Tu n'as pas fait que lui donner la réplique ! ironise Viviane.

– Je me serais bien passée de cette scène, tu sais, si c'est bien du baiser que tu veux parler. Ce type me déteste et c'est bien réciproque ! Je ne supporte pas ce genre de mec ! »

Kim sent à son tour que la discussion prend une tournure dangeureuse. Le coup de cœur de Viviane pour Théo Guibert, bien qu'inexplicable, se confirme. Il cherche une petite blague, comme il sait si bien les faire, afin de détendre l'atmosphère. Julien lui lance un petit clin d'œil complice qui l'encourage :

« Vous la connaissez, celle-là ? Pourquoi met-on une selle sur un cheval ?

– Je ne sais pas, répond Caroline.

– Hé ! Kim, il faut que tu renouvelles ton répertoire ! C'est la trentième fois, au moins, que tu nous la racontes ! C'est parce que si tu mets la selle en dessous… elle tombe ! Ah ! ricane Lisa.

– Allez, on va déjeuner, propose Julien en attrapant le bras de Caroline. Je commence à avoir une faim de loup !

– Tu viens, Viviane, insiste Lisa.

– Hummm, j'arrive dans deux minutes... »

Lisa, Kim, Julien et Caroline sortent de l'écurie en riant. Viviane se retrouve seule dans les boxes et fond en larmes.

« Sultan ! Snif ! Je ne sais pas ce qui m'arrive, snif… Julien m'énerve, Lisa m'énerve, Kim aussi et puis maintenant cette fille... Caroline… Pfffffffff ! Tout le monde m'agace. Il n'y a que toi qui ne m'énerves pas ! »

Le cheval hennit et penche la tête vers Viviane.

Après avoir séché ses larmes, Viviane rejoint ses amis à la cafétéria. Ils sont tous attablés, un plateau-repas devant eux. Elle s'installe près de Lisa.

« Ça ne va pas, Viviane ? lui demande tout doucement son amie. Tu as les yeux tout rouges.

– Ce n’est rien, c’est sûrement une petite allergie.

– Oui, bien sûr, tu crois sincèrement que tu vas me faire avaler ça ! Tu es à fleur de peau, toi, en ce moment… Tu veux que je t’accompagne pour prendre un plateau ?

– Non, je te remercie, je suis encore capable de porter un plateau toute seule ! Par contre, tu peux me garder une place près de toi ?

– Bien sûr ! »

Lisa suit son amie du regard. Elle s’éloigne et fait la queue au self.

« Elle a pleuré ? demande tout bas Julien.

– Non, pourquoi ? Tu sais, je crois qu’en ce moment Viviane n’ose pas dire qu’elle angoisse de faire de la figuration, elle est trop fière pour l’avouer, elle stresse toute seule, dans son coin.

– T’es sympa de la défendre. Moi, je pense surtout qu’elle ne veut plus sortir avec moi et qu’elle ne sait pas comment me le dire. »

Julien finit sa phrase. Pour masquer son émotion, il plonge le nez dans son assiette, puis lève la tête et sourit à Caroline qui saisit toute la situation.

Après avoir longuement hésité entre le poulet et le poisson, Viviane rejoint ses amis à table, masquant totalement son trouble.

« J'adore le poulet rôti… Il a l'air super bon ! J'ai l'impression que c'est une bonne adresse, ici ! » dit-elle d'un ton excessivement jovial en s'asseyant.

C'est fou comme Viviane peut passer des larmes au rire si vite, pense à cet instant Lisa. Son amie l'impressionne.

Chapitre 9

Le déjeuner terminé, Kim propose d'aller faire une petite balade en forêt, ce qui enchante *a priori* tout le monde. Il se dirige vers la table d'Alexandra, qui déjeune un peu plus loin avec Philippe et l'assistant réalisateur.

« Alexandra, excuse-moi de te déranger. Comme on ne tourne pas cet après-midi, je voulais savoir si nous pouvions aller en forêt faire une petite une promenade à cheval ?

– Qu'en penses-tu, Philippe ? demande Alexandra.

– Je ne pense pas avoir besoin de vous aujourd'hui ! Alors, faites ce que vous voulez, j'ai déjà assez de soucis avec ces fameuses cassettes disparues. Une balade en forêt est une excellente idée, il y a de jolies promenades à faire dans le coin. Aérez-vous, mais ne vous éloignez pas trop !

– Je veux que vous soyez rentrés pour 16 heures ! » renchérit Alexandra.

Caroline s'approche de la table des adultes et d'une jolie voix, avec son léger accent britannique, demande à son tour l'autorisation de se joindre à la petite randonnée. Philippe prend le temps de terminer son morceau de gâteau au chocolat et répond enfin à la jeune actrice :

« Oui, tu l'as bien mérité. Tu sais, Caroline, je te remercie d'être si patiente avec Théo. Je sais qu'il est difficile sur un plateau, mais ne lui en veux pas trop, je pense qu'il a besoin de vacances, et puis, entre nous, j'ai peur que le succès de la série lui monte à la tête.

– Je le pense aussi. C'est bien dommage !

– Mais si la série a du succès, c'est aussi en partie grâce à Théo, non ? » ajoute malicieusement Alexandra.

Philippe lui sourit. Puis Kim et Caroline retournent vers leurs amis.

« Caroline ! interpelle le réalisateur. Fais attention de ne pas tomber ou te blesser, tu sais que j'ai besoin de toi demain à la première heure. On va s'installer dans la cafétéria. Rassure-moi, tu connais bien ton texte ?

– Oui, bien sûr, d'ailleurs, je pense que cette scène va être une des meilleures de l'épisode. Samuel et Bridget se disputent au déjeuner…On n'aura aucun mal à entrer dans la peau des personnages ! Il faut que je remercie les scénaristes.

– Pas de mauvais esprit, s'il te plaît, Caroline. Fais preuve d'un peu plus de maturité. »

Kim ne veut plus perdre de temps et suggère de filer aux écuries. Julien a retrouvé sa bonne humeur. Est–ce l'effet Caroline ? Viviane est persuadée qu'il veut la rendre jalouse en se rapprochant de l'actrice, elle trouve la stratégie risible.

« Allez, go ! » lance Julien en se levant énergiquement.

La petite troupe suit le mouvement et se dirige vers la sortie. Les amis sont joyeux à l'idée de faire une balade par cette journée ensoleillée. Seule Viviane est restée à la table.

« Viviane, tu viens avec nous ? lance Lisa.

– Non, j'ai envie de rester ici et d'assister au tournage cet après-midi. Vous devriez faire comme moi au lieu de vous balader. C'est hyper enrichissant de voir comment se fabrique un épisode ! Vous êtes vraiment des gamins !

– Ce n'est pas plutôt parce que Caroline vient avec nous et que Théo reste ici ? Allez, sois honnête ! Avoue ! C'est toi la gamine !

– Oui, c'est vrai, tu n'as pas tout à fait tort... Mais j'ai vraiment envie de voir la scène où Samuel se trouve seul dans sa chambre, c'est ce qu'ils vont tourner tout à l'heure. J'ai lu le script, il fait ses devoirs, il écoute de la musique, ça va être sympa, non ?

– Mouais, ça l'est… quand on est amoureux de Théo Guibert ! la titille Lisa. Allez, profite bien du tournage ! À ce soir ! »

Lisa court rejoindre Kim, Julien et Caroline qui l'attendent dehors.

Viviane se sent quand même un peu abandonnée, seule à sa table ; elle se lève pour ranger son plateau et sort de la cafétéria en passant près d'Alexandra.

« Viviane ! Viens à notre table, on prend un thé, tu en veux un ?

– Oui, volontiers, merci !

– Alors, tu ne vas pas en forêt avec tes amis ?

– Non, j'ai envie d'être un peu seule, cet après-midi, et surtout d'assister au tournage.

– Ah ! Viviane, ça tombe bien que tu sois là ! »

Le réalisateur a quelque chose à lui proposer. Il tourne machinalement et nerveusement sa cuillère dans sa tasse de café.

« J'aurai besoin d'un figurant demain matin pour donner la réplique à Théo. Ça te dirait ? »

Viviane, figée, ne trouve pas les mots pour répondre. Elle sent son rythme cardiaque s'accélérer, ses joues rougir et ses genoux trembler.

L'assistant réalisateur semble amusé par la réaction de la jeune fille.

« Ferme la bouche, lui souffle-t-il, on dirait un poisson rouge hors de son bocal !

– Alors, Viviane, Philippe attend ta réponse, intervient Alexandra.

– Euh ! Bien… bien… sûr, bredouille-t-elle.

– Rassure-toi, ce n'est pas une réplique de deux pages que je te propose, mais juste une petite phrase. Je crois que c'est : "*Samuel, le directeur veut te voir tout de suite dans son bureau !*" ou quelque chose dans le genre. Tu vois, ce n'est pas bien sorcier. Cécile, notre précieuse scripte, te donnera le texte exact. »

Viviane n'en revient pas, elle est abasourdie par la nouvelle ! Son émotion est telle qu'elle n'arrive pas à saisir sa tasse de thé. Elle est folle de joie . demain elle partagera une scène, seule avec Théo, devant la caméra. Waouh !

Chapitre 10

Le poste de scripte est indispensable au suivi d'un tournage, c'est la personne en charge de la cohérence de l'ensemble : chaque épisode doit être fidèle au scénario, les épisodes doivent se suivre de manière logique et efficace. Elle doit s'assurer que les éléments tournés dans le désordre ne présenteront pas d'incongruités et de faux raccords lorsqu'ils seront réorganisés chronologiquement par rapport à l'histoire et montés pour la version finalisée.

Pour le tournage de *Un amour de cheval*, c'est Cécile, une jeune femme d'une trentaine d'années qui adore son métier. Viviane la cherche sur le plateau, elle veut en savoir plus sur sa fameuse scène du lendemain.

Mais elle semble perdue dans les bâtiments du haras. Il y a tellement de monde partout... Entre les machinistes, les décorateurs qui portent soit une table, soit un vase pour une scène, la costumière et la maquilleuse qui courent après les acteurs, le chef électro qui se promène toujours avec des câbles, l'ingénieur du son et son "perchman"... elle se sent prise dans un tourbillon.

« Virgile ! hurle Viviane en apercevant le jeune assistant de production - elle se souvient de l'accueil chaleureux qu'il lui a fait le matin même. Je cherche Cécile, tu peux m'aider, s'il te plaît ?

– Bien sûr ! Suis–moi, attention aux câbles par terre, ce serait dommage que tu t'étales comme une crêpe. Alors, le monde de la figuration, ça te plaît ?

– Oui, c'est génial ! On n'est ici que depuis hier, mais j'ai l'impression de faire partie de l'équipe depuis des mois, c'est vraiment enrichissant et si excitant ! »

Virgile conduit Viviane dans une aile du bâtiment jusque dans cette pièce dans laquelle le tournage d'une scène se prépare. Cécile est en plein travail, elle s'occupe des raccords décors et accessoires.

« Tu sais qu'on ne trouve plus les cassettes d'enregistrement du tournage d'avant-hier, lance Virgile, du coup, le planning a changé, on refait la scène. C'est Théo qui va être content de rejouer ! Il ne le sait pas encore. Entre nous, c'est bien fait pour lui, je ne l'aime pas, ce type, il se prend pour un dieu… Tiens, je te présente Cécile ! »

C'est une jeune femme brune, portant un blouson en jean. En guise de barrette dans les cheveux, elle a fixé son chignon avec un crayon, ce qui lui donne un petit air de maîtresse d'école.

« Je vous laisse ! Philippe a besoin de moi et je dois terminer quelque chose avant le tournage.

– Merci beaucoup, Virgile, à tout à l'heure ! »

Viviane fait connaissance avec Cécile et lui explique qu'elle a besoin du texte de la scène qu'elle doit jouer demain. La scripte recherche dans le classeur qu'elle porte sous le bras et lui tend une feuille.

« Tiens, voilà ton texte, enfin, si on peut appeler ça un texte ! C'est une phrase que les scénaristes ont ajoutée à la dernière minute à la demande de Philippe. Alors comme ça, c'est toi qui as été choisie ! Félicitations et bienvenue parmi nous ! Je te laisse, on m'attend sur le plateau, Philippe ne va pas tarder à lancer le tournage ! Tu peux rester, si tu veux.

– Merci pour ton aide et ton accueil ! C'est très sympa ! » dit Viviane en s'installant discrètement sur une caisse remplie de câbles électriques.

Elle profite de ce court instant pour découvrir son texte :

Scène intérieur. On frappe à la porte .

– Entrez ! dit Samuel.

Le figurant entre (de préférence une fille) et s'adresse à Samuel.

– Samuel, le directeur te demande, il t'attend dans son bureau.

– OK, je descends tout de suite.

Puis le figurant s'en va.

Fin de la scène.

Malgré la courte durée de cette scène, Viviane est ravie. Quel bonheur de donner la réplique à Théo !

Pendant ce temps, dans la forêt près du haras, Kim, Julien, Lisa et Caroline s'amusent comme des petits fous. Ils sont tous les quatre très heureux de se promener ensemble. La balade est fort agréable, il fait beau. Les chevaux avancent au trot ; Julien se tient près de Caroline et plaisante avec elle. Il la trouve charmante, ce qui lui permet d'oublier un peu Viviane.

« Hum ! Hum… Notre Julien national a retrouvé la forme ! lance Lisa à Kim en lui faisant un clin d'œil.

– Oui, j'ai plutôt l'impression que Caroline n'est pas tout à fait insensible à son charme d'ailleurs !

– Et si on faisait un petit galop avant de rentrer ! propose Julien à ses amis.

– Ça marche !

– Le premier arrivé au bosquet là-bas a gagné ! » souffle Kim.

Et c'est une chevauchée qui démarre. Gaylord est en tête, suivi de Fanfan. Kimber, la jument de Caroline, essaie de rattraper Désir ; dans la forêt, résonnent les rires des adolescents et les galops des chevaux.

« Je suis vraiment heureuse d'être avec vous ! lâche Caroline en prenant la tête de la course. Cela me fait un bien fou d'oublier ce tournage parfois pénible !

– Tu sais, je t'envie d'être actrice, lui avoue Lisa, qui la rattrape, c'est quand même un métier génial ! Tu rencontres plein de gens, tu passes la journée avec ta jument et, en plus, tu ne vas pas au collège…

– Comment ça, je ne vais pas au collège ? Tu plaisantes ! Je ne tourne que deux ou trois jours par semaine, le reste du temps je suis des cours à l'école du spectacle. »

La conversation continue sur un rythme plus lent. Le galop est terminé, les chevaux vont au pas.

« Attends ! Vous suivez une formation sport-étude avec les chevaux toute la journée ! continue Caroline. Ça aussi, c'est vraiment super ! En plus, vous avez la chance d'avoir une coach exceptionnelle !

– Oui, c'est vrai, on a beaucoup de chance d'avoir Alexandra Ledermann comme coach. Avec elle, c'est un plaisir d'apprendre, on fait des progrès impressionnants, en un temps record. »

Kim regarde sa montre : il est grand temps de rentrer au haras. La joyeuse troupe regagne tranquillement le lieu du tournage. Julien s'avance pour marcher au pas près de Caroline.

En s'approchant des bâtiments, ils ont l'impression qu'il vient de se passer un incident. La scène n'est pas habituelle, tout le monde galope dans tous les sens. Philippe semble paniqué.

Théo est assis sur une chaise, recouvert d'une couverture ; Cécile et Alexandra sont auprès de lui. On dirait qu'elles essaient de le réconforter. Virgile court derrière le réalisateur, son téléphone portable collé à l'oreille...

Viviane aperçoit alors ses amis et se précipite dans leur direction :

« Il s'est produit quelque chose de terrible ! J'en ai encore la chair de poule ! »

Kim, Julien, Caroline et Lisa descendent de leur monture et se regardent, intrigués.

Chapitre 11

« Théo l'a échappé belle ! s'écrie Viviane en séchant ses larmes.

– Comment ça, *échappé belle* ? essaie de comprendre Caroline.

– Eh bien… euh… Le projecteur… Sur la tête… Théo… »

Viviane n'arrive pas à aligner deux mots, elle est encore sous le choc de l'émotion. Kim la serre dans ses bras.

« Calme-toi, princesse ! lui dit-il gentiment. Que s'est-il passé exactement ? Respire et raconte-nous. »

Viviane ferme les yeux, respire profondément et commence à reprendre doucement ses esprits et leur raconte l'incident.

Elle assistait donc au tournage, sagement assise dans un coin pour ne pas déranger. La scène se déroulait dans le bâtiment A, avec un décor de bibliothèque. « Cet après-midi, on tournait à nouveau la scène qui avait été prise il y a deux jours mais dont les cassettes avaient mystérieusement disparu. L'équipe était à cran : Philippe était de très mauvaise humeur : refaire cette scène l'agaçait, le planning était considérablement retardé et la production commençait à parler de restriction de budget... Bref, l'atmosphère était tendue. Tout était en place, même Théo était à l'heure et semblait coopératif.

– Ah bon ? Il était à l'heure ? l'interrompt Caroline.

– Oui, et il trouvait que c'était bien de retravailler cette scène, il connaissait son texte par cœur. C'est ce qu'il a dit à Philippe, en tout cas.

– Ça m'étonne de lui ! souffle Caroline.

– J'y étais, moi, et je peux te dire que Théo était le seul sur le plateau à être relax ! lance Viviane en lui jetant un regard noir.

– OK, je te crois, alors viens-en aux faits.

Que s'est-il passé pour que cela te mette dans un tel état ?

– Oui, raconte ! renchérit Kim.

– J'aimerais bien, mais vous n'arrêtez pas de m'interrompre !

– On t'écoute !

– Au bout de dix minutes de tournage, j'ai vu un projecteur tomber à deux centimètres de Théo. J'ai poussé un cri, Cécile aussi et Philippe s'est levé en hurlant : "Théo !"

– Et alors ?

– Le projecteur a fait un bruit effrayant en atterrissant sur le sol. J'ai vu Théo devenir tout blanc en regardant cette grosse masse de métal qui venait de le frôler. Il s'est retourné vers le caméraman et est tombé dans les pommes.

– Oh ! là, là ! En effet, il l'a vraiment échappé belle !

– Oui. Et tu sais, Lisa, tout le monde a cru qu'il avait été touché par le projecteur, il y a eu un mouvement de panique quand Théo s'est écroulé.

– Mais… Mais… bredouille Caroline, il a vraiment été blessé ?

– Non, c'est la peur qui lui a fait perdre connaissance. Je me suis précipitée, moi aussi, pour voir s'il allait bien.

– C'est dingue, cette histoire ! Mais comment le projecteur est-il tombé ?

– Ça, on ne sait pas, c'est un mystère. D'après Virgile, il n'était pas très stable, mais le type qui s'occupe des éclairages a affirmé que tout tenait parfaitement.

– Cet incident est vraiment dramatique ! Théo aurait pu être tué.

– Oui... Je dois vous dire une chose qui me perturbe... J'ai comme l'impression que quelqu'un a poussé le projecteur, j'ai le vague souvenir d'avoir vu une ombre s'approcher de l'appareil, mais c'est flou... J'ai eu tellement peur !

– Tu en es sûre ? lui demande Julien.

– Pas à cent pour cent, mais quand je me repasse la scène je vois toujours une masse sombre à côté du projecteur. Ça s'est passé si vite ! »

Alexandra aperçoit ses élèves au loin et se précipite vers eux.

« Vous êtes au courant ?

– Oui ! Viviane vient de nous raconter l'incident ! Théo a échappé au pire ! lance Kim.

– J'en suis encore toute retournée, je n'étais pas là quand ça s'est produit, je m'occupais de Fantôme aux écuries. C'est Philippe qui vient de tout me raconter. Pauvre Théo, quelle frayeur !

– Viviane vient de nous dire que ce n'est peut-être pas un accident, elle aurait aperçu quelqu'un pousser le projecteur.

– Vous avez trop d'imagination ! Qui en voudrait à ce jeune acteur ?

– Moi, déjà ! lance Caroline d'un ton sec. Vous savez, Alexandra, Théo n'est pas un si gentil garçon, il me fait vivre un tournage épouvantable, tout ça parce que je ne suis pas l'actrice avec laquelle il désirait jouer.

– Oui, j'ai cru le comprendre ce matin, lui répond Alexandra. Mais vous ne feriez pas une chose pareille !

– Non, bien sûr, je n'ai pas une âme d'assassin ! Mais je veux juste dire qu'il doit avoir beaucoup d'ennemis.

– Il faut arrêter de jouer les Agatha Christie, ce n'est qu'un incident de plateau, c'est tout !

– Dis donc, Julien, si tu doutes de mes paroles, tu n'es pas obligé de te montrer cynique ! » lance Viviane.

Elle se sent alors agressée et décide de rentrer se reposer dans sa chambre mais, juste avant de partir, elle s'adresse à ses amis :

« Au fait, j'ai oublié de vous dire quelque chose d'important. Philippe m'a proposé de donner la réplique à Théo demain. Alors je vous laisse car j'ai mon texte à apprendre ! Tchao ! »

Lisa regarde son amie s'éloigner, perplexe.

« Oooh ! Viviane, reviens, c'est quoi cette histoire de texte ? »

Mais Viviane ne se retourne pas et se dépêche de filer dans sa chambre.

« Cette fille m'exaspère ! Et pourtant c'est mon amie.

– Viviane t'en parlera demain, je préfère que ça soit elle qui t'explique tout ça, lui dit Alexandra. Je vais m'assurer qu'elle va bien, je vais la rejoindre. Je pense qu'elle a été choquée par l'incident. »

Kim, Julien, Lisa et Caroline décident alors de rentrer les chevaux dans leur box. Il commence à se faire tard. Chacun reprend sa monture et, tout en marchant d'un pas sûr, la petite troupe continue à débattre de l'incident de l'après-midi.

Plus loin, sur le tournage, Philippe raccompagne Théo dans sa loge. Cécile reprend des notes pour le lendemain : elle fait un point avec l'équipe de tournage. Virgile sert des thés et des cafés tout en sifflotant : c'est le seul qui a l'air joyeux et détendu.

Le plateau se vide petit à petit… La journée a été mouvementée !

Chapitre 12

Cette nuit-là, personne n'a réussi à dormir correctement.

Et le lendemain matin, au petit déjeuner, toute l'équipe est fatiguée et surtout angoissée.

Philippe essaie tant bien que mal de donner du courage à ses acteurs et à ses collaborateurs.

« Allez, je veux voir tout le monde à la carrière dans un quart d'heure ! Il ne faut pas que ce qui s'est passé hier vous perturbe, il n'y a pas eu de drame, c'est le principal ! Ce n'était qu'un petit accident de plateau.

– Un petit accident qui aurait pu me tuer ! lance Théo qui vient d'entrer dans la cafétéria.

– Je sais que tu as été choqué, Théo, mais il faut aller de l'avant ! Tu vas pouvoir te reposer ce matin, tu ne tournes pas. J'ai juste besoin des figurants pour quelques scènes.

– J'aurais préféré tourner ce matin, pour oublier cette vision du projecteur qui tombe sur moi. Elle m'obsède ! J'ai fait des cauchemars toute la nuit. Philippe… J'ai peur ! Et si quelqu'un voulait me tuer ?

– S'il te plaît, Théo ! Arrête de dramatiser ! Pas de crise de paranoïa ! Allez, prends-toi un bon bol de chocolat avec des tartines et retourne te reposer dans ta chambre ! OK ? On se voit cet après-midi ! Je te veux en pleine forme !

– Mais… Je…

– Stop ! Tu as besoin de calme, interrompt Philippe en tapant aussitôt dans ses mains : les figurants, je vous attends avec vos chevaux ! »

Leur petit déjeuner terminé, Kim, Lisa, Julien et Viviane se dirigent vers les écuries afin de préparer leur monture.

L'équipe s'installe sur le lieu du tournage. Théo est reparti se reposer dans sa chambre, il semble s'être adouci depuis l'accident. Il n'est plus vraiment le même...

Philippe, lui, en revanche, est toujours aussi affairé ; la disparition des fameuses cassettes et l'incident d'hier lui ont fait perdre du temps sur le planning, alors pas question de s'endormir.

« Quelqu'un aurait-il vu Virgile ? hurle-t-il à l'assemblée. J'ai besoin de lui tout de suite. Qu'il me rejoigne à la carrière !

– Je l'ai vu il y a cinq minutes près du hangar à matériel, lui répond Cécile.

– Le voilà ! » renchérit Alexandra en pointant du doigt le jeune homme qui arrive alors en courant.

Virgile, qui d'habitude est toujours à l'heure, s'avance près de Philippe.

« Tu étais où ? lui demande le réalisateur.

– Euh... j'avais quelque chose à faire… désolé. Je suis là !

– Bien. Va me chercher les figurants aux écuries et demande-leur de venir immédiatement, on va tourner.

– Ils sont là ! » informe Alexandra, qui se précipite vers ses élèves.

Les quatre amis avancent au pas vers la carrière les uns derrière les autres en tenant leur cheval en main.

« Dépêchez-vous, Philippe s'impatiente.

– OK… Nous sommes prêts, répond Kim.

– Hou ! là, là ! J'ai l'impression que l'ambiance est encore tendue. Je me trompe ? s'inquiète Julien tout en fixant son casque.

– Allez ! Tout le monde en place ! crie Philippe. Ce matin, vous me faites de belles scènes de saut d'obstacles. »

Mais l'arrivée en trombe de Cécile, vraisemblablement perturbée, retarde encore le début du tournage.

« Philippe, il y a un gros problème !

– Ce n'est pas vrai ! Quoi encore ?

– Toutes les barres sont cassées. Viens voir ! »

Tout le monde se précipite vers le parcours d'obstacles. Le sol de la carrière est jonché de barres sciées, un vrai champ de bataille.

« Mais ce n'est pas vrai ! s'écrie Philippe. Qui a fait ça ? Quand est-ce arrivé ?

– Je n'en ai aucune idée. En venant installer les caméras, on a découvert la carrière dans cet état. Je n'ai pas d'autres informations pour le moment. »

Philippe a du mal à se contenir, il est au bord de la crise de nerfs.

« Mais qui a pu faire ça ? Et pourquoi ? Ce n'est pas possible ! » répète-t-il en boucle.

Virgile, aidé de tous les techniciens, ramasse les barres sciées et nettoie le désastre. Aucune barre n'a été épargnée : impossible de filmer la scène de saut d'obstacles. Alexandra se propose d'aller dans la réserve avec Kim et Julien vérifier s'il reste des barres pour remplacer celles qui ont été abîmées. Mais elle revient quelques minutes plus tard avec une mauvaise nouvelle.

« Quelqu'un a scié également les barres qui se trouvaient dans la réserve.

– C'est un sabotage, plus aucun doute ! On veut m'empêcher de filmer ! »

Le réalisateur est dépité. Cécile décide d'appeler le commissariat pour tirer cette affaire au clair et porter plainte, mais le réalisateur refuse : il pense savoir qui lui en veut.

« Je suis sûr que Henri Ritus y est pour quelque chose. Ce type m'a toujours jalousé !

– Qui est ce Henri Ritus ? lui demande Alexandra, intriguée.

– C'est un réalisateur. Il vient de tourner un feuilleton concurrent, *Scarlett au Haras*, une pâle copie de *Un amour de cheval*, et le taux d'audience est catastrophique. Je suis persuadé qu'il veut que l'on arrête notre série afin qu'il soit le seul à diffuser un feuilleton pour adolescents sur le monde du cheval.

– Cela me paraît tout de même incroyable que quelqu'un vous en veuille à ce point !

– Alexandra, vous savez, l'univers du cinéma et de la télévision est impitoyable, et Henri est capable du pire pour arriver à ses fins. »

Cécile s'engage de suite à se renseigner discrètement sur ce réalisateur, mais elle insiste pour que Philippe dépose une plainte au commissariat.

« Bon ! Il ne faut surtout pas baisser les bras, nous allons tourner une scène d'entraînement sur le plat, en remplacement du saut d'obstacles. Tout le monde se met en place !

– OK ! » lui répondent en cœur Kim, Julien, Lisa et Viviane.

Les jeunes cavaliers reprennent leur place, mais une personne se fait anormalement toute petite... Virgile, contrairement à son habitude, semble étrangement mal à l'aise…

Chapitre 13

« Allez, Viviane... ajuste tes rênes et tiens-toi droite... Oui, c'est ça ! Très bien ! Lisa, tu arrêtes de bavarder et tu te concentres, s'il te plaît ! lance Alexandra à ses deux élèves, qui semblent être ailleurs.

– Coupez ! C'est dans la boîte ! »

Philippe Webster a réussi tant bien que mal à tourner la scène de la carrière.

« Dis donc, Viviane, demande Lisa, hier, tu devais me parler de cette histoire de réplique...

– Ah ! Oui... Quand vous êtes partis en balade juste avant l'incident du projecteur, Philippe m'a proposé de donner la réplique à Théo. C'est cool ! Non ?

– Waouh ! C'est pas vrai ?

– Eh bien si, ma vieille! C'est peut-être une grande carrière de comédienne qui commence pour moi !

– Et quel sera ton rôle ? Et ton texte ?

– Tu verras cet après-midi, j'ai appris mon texte par cœur cette nuit. J'angoisse un peu. En plus, je crois que j'ai pris froid, j'ai un peu mal à la gorge.

– Tu devrais demander du miel à Virgile, c'est bon pour soigner les maux de gorge.

– En parlant de Virgile, tu ne le trouves pas bizarre, ce matin ? Il nous a à peine dit bonjour et il est complètement en retrait, regarde-le ! Il n'a pas un comportement normal. »

Effectivement, le jeune assistant de production n'est plus aussi actif que les autres jours, lui, qui d'ordinaire court partout sur le plateau, se cache derrière la caméra, l'air pensif, voire soucieux, et se fait tout petit. L'équipe se dépêche de ranger le matériel pour tourner les scènes suivantes, la carrière se vide. Cécile revient du bureau et s'avance vers le réalisateur.

« Philippe ! Je viens de faire les recherches que tu m'as demandées sur Martin Ritus. Il n'est pas en France en ce moment et sa série est arrêtée depuis quelques semaines, donc il semble que tu fasses fausse route en pensant que c'est lui l'auteur du sabotage. »

Philippe reste perplexe : si ce n'est pas Martin Ritus, qui est-ce ? Quelqu'un en veut à sa série mais pourquoi ?

Kim, Julien, Lisa et Viviane rejoignent Alexandra aux écuries ; le vent s'est levé et un petit air froid saisit les enfants. Viviane éternue à intervalle régulier.

« Aaaatchoum ! Oh ! non… Je suis en train de m'enrhumer. Ce n'est pas possible, je dois avoir ma fameuse scène avec Théo à 15 heures et je me sens toute fiévreuse.

– Allez, récite-moi ton texte ! Je veux bien te faire répéter, propose Lisa.

– Non ! Je t'ai déjà dit que je préfère vous réserver la surprise. C'est marrant que tu réagisses comme ça, j'aurais pensé que tu serais jalouse.

– Tu plaisantes ! Jalouse, moi ? Tu sais bien ce que je pense de Théo Guibert, alors je ne me vois pas du tout avoir un dialogue avec lui. Faire de la figuration avec Gaylord me suffit amplement. En plus, je ne suis pas d'une nature jalouse et, surtout, je me réjouis pour toi ! »

Viviane regarde du coin de l'œil son amie. Lisa est-elle sincère quand elle dit qu'elle n'éprouve aucun sentiment de jalousie ?

Kim fait le tour des boxes, il chantonne et blague avec Julien.

« Hé ! Vous savez quoi ? lance Julien à l'assemblée, je trouve ça hyper excitant, tout ce qui se passe ici, ça sent le film d'espionnage, c'est dingue ! On est là pour de la figuration et on se retrouve en plein milieu d'un tournage qui vire au cauchemar pour le réalisateur. T'en penses quoi, toi, Kim ?

– Moi, j'en pense que tout ce qui vient d'arriver est le fruit du hasard.

– Attends ! Le hasard n'a rien à voir avec les barres sciées, il y a bien quelqu'un qui s'est servi en cachette d'une scie pour faire une mauvaise blague.

– Et si c'était Théo qui voulait qu'on parle de lui ? suggère Lisa. C'est possible ! La police va mener son enquête, les journaux vont en parler et cela va directement faire de la pub au feuilleton et au héros de la série. Le coup du projecteur, c'est peut-être du cinéma !

– Toi, tu lis trop de romans policiers !

– Il est peut-être de mèche avec Virgile et ils ont monté un plan d'enfer, continue Lisa. Tu sais, moi, je ne fais confiance à personne… En parlant de confiance, Viviane vous a-t-elle dit qu'elle avait un petit rôle cet après-midi ?

– Quoi ? C'est vrai, Viviane ?

– Ah ! Tu vois que tu es jalouse ! La façon dont tu viens de dire ça, c'est dingue ça… Aaatchoum ! Quelqu'un aurait-il un mouchoir, s'il vous plaît ?

– Raconte, princesse ! s'empresse de demander Kim.

– Philippe m'a proposé de dire *Samuel, le directeur te demande, il t'attend dans son bureau…* Atchoum !

– Ah ! Ouais, et tu dois éternuer aussi ? se moque Julien.

– Très drôle ! J'ai mal à la gorge, j'ai dû attraper froid.

– C'est super, tu vas peut-être avoir la Palme d'or à Cannes ?!

– Tu sais, Kim, tu devrais postuler pour des scènes comiques ! Tu en as le talent !

– On sera tous là à 15 heures pour voir la scène ! »

Alexandra, qui a entendu la conversation, s'approche des adolescents.

« Tu peux encore réviser ton texte Viviane, Philippe vient de me donner le nouveau planning, tout est décalé. La scène avec Théo ne sera tournée que demain ; cet après- midi c'est la scène de la compétition qui est filmée, on doit remplacer les barres, ce sera fait pour 15 heures. Donc vous mettez vos tenues de concours, et rendez-vous à la carrière vers 14h30.

– Pfff ! Moi qui pensais aller faire une balade en forêt avec Caroline cet après-midi, c'est complètement raté.

– Pauvre Julien ! Tu vas être obligé de reporter ta balade romantique ! » s'écrie Viviane avec ironie.

Julien hausse les épaules. Kim, qui essaie de reconnaître un bruit venant de dehors depuis quelques temps, s'écrie :

« Écoutez ! On dirait que quelqu'un est en train de pleurer, non ? »

Kim se précipite hors des boxes et trouve Caroline adossée contre un mur, en train de sangloter.

« Qu'est-ce qui ne va pas ?

– Ça va… C'est juste que Théo a encore été très désagréable avec moi, il m'a traitée de nulle. Je n'en peux plus de travailler avec lui, il me stresse. J'ai vraiment envie d'arrêter la série.

– Allez ! Ne fais pas ça, je pense que ce serait un coup de grâce pour Philippe. Après tout ce qui s'est passé depuis quelques jours ! Et puis, tu ne vas pas te laisser abattre aussi facilement !

– Tu connais Théo, ça ne vaut pas la peine de te mettre dans cet état ! » ajoute gentiment Julien.

Alexandra prend la jeune fille par la main et propose à tout le monde d'aller déjeuner, après avoir terminé de panser les chevaux.

Chapitre 14

Après avoir déjeuné tranquillement, l'équipe est enfin prête pour le tournage de la compétition. Le vent s'est levé, le soleil est au rendez-vous. Kim, Lisa, Julien et Viviane sont dans leur chambre et s'habillent.

« Tu as remarqué la façon dont Caroline regarde Julien ? lance Viviane à son amie, tout en enfilant sa culotte blanche de concours.

– Quoi ? Ne me dis pas que tu es jalouse !

– Non, je m'en moque totalement, seulement je n'aime pas cette fille, elle lui fait toujours des yeux doux… Aaatchoum ! Oh ! j'ai mal à la gorge. J'ai l'impression que je suis de plus en plus malade.

– Tu devrais mettre un petit foulard, tu veux que je te prête le mien ? Il est en soie. »

Lisa cherche dans sa valise et tend à Viviane un très joli petit foulard bleu.

« Merci, je vais demander à Alexandra si elle a des pastilles ou du sirop contre le mal de gorge. Je descends, tu me rejoins sur le tournage ?

– Ok, ça roule ! À tout de suite ! »

Viviane descend les marches quatre à quatre à la recherche de sa coach. Dehors, près de la carrière, on installe les nouvelles barres, afin que l'équipe puisse commencer à l'heure. Alexandra est près du réalisateur. Viviane se dirige vers eux et s'adresse à Philippe.

« Alors, ça y est ? Les dégâts sont réparés ? On va pouvoir tourner ?

– Oui, j'espère que cette fois-ci tout se déroulera sans aucun problème, lui répond Philippe.

– Dis donc, Viviane, tu as l'air fatigué ?

– J'ai dû attraper froid, je venais te demander si tu avais quelque chose pour le mal de gorge.

– J'ai des pastilles au miel et au citron dans ma chambre. Reste là, je vais te les chercher. En attendant, va voir Virgile et demande-lui te de préparer un thé bien chaud avec du miel, ça te fera du bien.

– Merci beaucoup, Alexandra.

– Tu penses que tu vas être en forme pour la scène de la compétition ? s'enquiert Philippe.

– Pas de problème, je vais assurer. Aaatchoum ! J'apprécie tellement ce que l'on fait en ce moment, c'est une expérience vraiment enrichissante pour une fan comme moi ! »

Viviane s'avance vers Virgile, qui assiste le chef machiniste pour monter une grue pour la caméra.

« Virgile ! Salut, j'espère que je ne te dérange pas, j'ai mal à la gorge et je voulais savoir si cela était possible d'avoir un thé avec un peu de miel. »

Certes, Viviane n'est pas très habile et se comporte un peu en princesse, mais Virgile n'est pas de très bonne humeur cet après-midi ; il se retourne donc vers la jeune fille et lui répond, agacé :

« Euh ! Écoute, comme tu peux le voir, je suis très occupé, tu ne veux pas aller à la cafétéria et te servir toi-même ? Je n'ai pas le temps, on a vraiment pris du retard, on refait des prises, tout le monde me demande… Alors les petits chocolats et les thés, ce n'est pas pour maintenant. Désolé !

– Oui, bien sûr, excuse-moi. Ce n'est pas grave. Merci quand même et bon courage ! »

Viviane est assez déçue par la réaction de Virgile qui d'habitude est charmant et prévenant avec elle. Mais elle comprend que, depuis les incidents, l'ambiance n'est plus aussi relax que d'ordinaire. Toujours décidée à soigner son mal de gorge au plus vite, elle se dirige vers la cafétéria et croise ses amis sur le chemin.

« Vous venez avec moi ?

– Nous allons à l'écurie chercher Fanfan et Désir, lui répondent Kim et Julien.

– Moi, je viens avec toi ! Au fait, tu as des nouvelles du beau héros de la série ?

– Non, j’ai cru comprendre qu’il devait tourner avec nous la scène de la compétition. Tu sais, je viens de croiser Virgile qui a été assez désagréable. L’ambiance est très tendue en ce moment, tu ne trouves pas ? »

Théo sort précipitamment de sa chambre en tenant sa culotte de cheval à la main et se met à hurler dans la cour du haras.

« Qui est l’abruti qui a fait çaaaaaa ? »

Lisa et Viviane se précipitent pour voir ce qui se passe et découvrent Théo brandissant son pantalon blanc complètement barbouillé de graisse noire.

« Si c’est une plaisanterie, elle est de mauvais goût… Et s’il y a un message caché, que le lâche qui a commis cet acte infâme se rende ! Philippe, vient voir !

– Oh ! Mais c’est de l'onguent pour sabots ! C’est ignoble ! » s’exclame Lisa.

Philippe arrive accompagné de Cécile et suivi de près par Alexandra, qui cherche Viviane pour lui donner les pastilles au miel.

« Que se passe-t-il encore ? hurle-t-il.

– Regarde ma culotte de cheval ! Je l'ai trouvé dans cet état sur mon lit. Ce n'est pas possible, il y a une malédiction ici ou un diablotin particulièrement machiavélique ! »

Philippe est consterné, il regarde Cécile et blêmit.

« C'en est trop ! Cécile, appelle le commissariat immédiatement, je deviens fou. Mais qui nous en veut autant ?

– Je m'en occupe tout de suite, Philippe.

– Et qu'est-ce que je fais avec ça ? demande Théo en tenant d'une main son pantalon souillé.

– Confie-le à Virgile, il va s'en occuper. Il est où, d'ailleurs ? Je le cherche depuis tout à l'heure.

– Je l'ai vu avec l'équipe des machinistes, ils sont en train de monter la grue pour le tournage, explique Viviane.

– Bon… Tout le monde en réunion dans cinq minutes, je veux faire une mise au point, on tournera plus tard. »

Au moment où Philippe rassemble ses troupes, Kim et Julien arrivent des boxes. Lisa s'approche d'eux et leur raconte ce qui vient de se passer.

« Eh bien, on est en train de vivre une partie de Cluedo en *live* ! C'est drôlement excitant ! lance Kim, toujours avec un humour… décapant.

– Dis donc, colonel Moutarde, si tu as des indices, fais-moi signe, s'agace Théo.

– Mais c'est qu'il a de l'humour, notre héros de *Un amour de cheval* ! » murmure Lisa à l'oreille de Viviane.

Les deux filles éclatent de rire. Le réalisateur les fusille du regard. Ce n'est pas le moment de se faire remarquer, constate Lisa au même instant.

Chapitre 15

Le commissaire Boulard, un homme d'une cinquantaine d'années, les cheveux grisonnants, est arrivé au haras vers 15 heures. Le tournage a été encore une fois momentanément suspendu. La réunion a lieu à la cafétéria, comme exigé par le réalisateur ; toute l'équipe de *Un amour de cheval* est présente.

Philippe est à bout de nerfs. Il explique en détail les malheureux événements des deux jours précédents : les cassettes numériques disparues, le projecteur qui a failli assommer Théo, les barres sciées et maintenant le pantalon souillé de graisse… et évidemment le retard de la série et le mécontentement des producteurs.

« Pensez-vous que quelqu'un vous en veuille, monsieur Webster ? » lui demande le commissaire.

Philippe évoque le soupçon qu'il a eu pour le réalisateur du feuilleton concurrent, Henri Ritus, et son déplacement à l'étranger.

« Quelqu'un parmi les gens de votre équipe a-t-il remarqué quelque chose d'anormal depuis quelque temps ?

– Non, lance Cécile, moi qui suis toujours sur le terrain, il me semble que tout se déroule globalement comme à l'ordinaire. »

À cet instant, Viviane, qui est un peu intimidée par cette réunion exceptionnelle en présence d'un commissaire de police, glisse doucement à l'oreille de Lisa :

« Tu crois que je devrais parler de l'ombre que j'ai cru voir quand le projecteur est tombé ?

– Non, ce n'est pas une preuve, tu n'en es pas vraiment certaine, attends que le commissaire mène son enquête.

– J'ai la sensantion que ce n'est pas réellement après vous qu'on en a, monsieur Webster, intervient le commissaire. Il me semble que ces attaques ont plutôt comme cible principale votre jeune acteur, Théo Guibert.

– Ah ! Tu vois, Philippe ! Je ne délirais pas, je n'étais pas en pleine crise de paranoïa ! s'écrie Théo. Tu m'as dit que je dramatisais, mais, moi, je suis persuadé depuis le début que quelqu'un veut ma peau !

– Je ne dirais pas ça non plus, monsieur Guibert, je pense en fait qu'on cherche surtout à vous effrayer.

– M'effrayer ? Attendez, quand vous avez failli vous faire écraser par un projecteur, moi j'appelle ça une tentative de meurtre !

– N'employons pas de grands mots !

– Si je peux me permettre, monsieur le Commissaire, intervient Virgile, ces accidents ont commencé à l'arrivée des figurants. Je ne veux accuser personne, mais c'est un fait incontestable.

– Dis tout de suite que c'est nous qui avons volé les cassettes et scié les barres. C'est dingue, quand même ! grogne Kim en fusillant le jeune assistant du regard.

– Je ne dis pas que c'est vous, mais les incidents coïncident étrangement avec votre arrivée, non ? C'est juste un constat.

– Quel culot ! bouillonne Lisa. Et pourquoi aurions-nous fait ça ? Hein ? Quel intérêt aurions-nous ?

– Du calme ! Du calme ! Je ne suis pas là pour semer la zizanie entre vous, mais pour chercher des indices. Je crois, jeune homme, que vous êtes un peu trop rapide dans vos allusions ! calme le commissaire.

– C'est vraiment très désagréable de se sentir visé comme cela. Tu ne peux pas porter de telles accusations sans preuve, explique sereinement Alexandra à Virgile.

– Mais… mais… Je ne pensais pas à mal, je disais juste…

– Ça suffit ! Virgile, comment peux-tu dire des choses pareilles ! conclut Philippe qui ne décolère pas.

– Je voudrais interroger chaque personne présente sur ce tournage, seule. Monsieur Webster, vous pouvez continuer à tourner votre épisode pendant ce temps car, si j'ai bien compris, vous avez pris beaucoup de retard.

– Je vous remercie, monsieur le Commissaire. Nous sommes en effet très en retard.

– Eh bien, jeune homme, continue l'agent en se tournant vers Virgile, puisque tu as l'air d'en savoir un peu plus que tout le monde, je commence par toi. »

Virgile est assez gêné, il se tient comme un petit garçon que la maîtresse vient de priver de récréation. Le reste de l'équipe retourne vers la carrière pour filmer la fameuse scène de saut d'obstacles.

« Et je fais comment avec un pantalon tout noir ? demande Théo à Philippe.

– J'en ai d'autres, Théo, souffle la costumière. Suis-moi, on va arranger ça. Inutile d'en faire toute une histoire ! »

Alexandra, Caroline et les figurants vont préparer les chevaux mais, en chemin, la discussion au sujet de Virgile va bon train…

« Il est vraiment gonflé, ce type ! Kim n'a toujours pas compris l'attitude du jeune assistant. Vous avez vu comment il nous a accusés ?

– Oui, ça m'étonne de lui, rétorque Caroline, je pensais que c'était quelqu'un de sympa, mais là, je trouve qu'il a dépassé les bornes en liant votre arrivée et les accidents.

– Vous ne trouvez pas que Théo s'est un peu calmé depuis le coup du projecteur ?

– C'est vrai, il est moins hautain... Mais jusqu'à quand cela va-t-il durer ? Je reste impatiente de jouer avec lui la fameuse scène de la dispute ! renchérit Caroline.

– En tout cas, ça ne m'arrange pas, tous ces retards... Aaatchoum ! Je ne sais pas quand je vais enfin pouvoir donner la réplique à Théo.

– Ah, bon ? Tu ne fais plus de figuration ? s'étonne Caroline.

– Si, ne t'inquiète pas, je ne vais pas te voler la vedette ! Philippe m'a juste proposé de jouer une petite scène... Aaatchoum ! Oh, non ! Ma gorge me fait souffrir !

– Tiens, prends une pastille au miel » lui propose Alexandra en lui tendant le sachet.

Arrivés aux boxes, chacun prépare sa monture et se dirige vers la carrière où l'équipe du tournage les attend. Les barres ont été remplacées ; le réalisateur exige que tout le monde se mette en place rapidement.

Théo arrive avec un pantalon immaculé, suivi d'Hubert le palefrenier qui lui a préparé son cheval.

Le tournage démarre enfin. Les figurants, entraînés par Alexandra, participent à une fausse compétition de saut d'obstacles. Tout se déroule bien, ce qui participe à rassurer Philippe.

Samuel et Caroline font également partie de la compétition.

Dans cet épisode, Samuel remporte la victoire. Bridget le félicite et la scène se termine par un langoureux baiser… sous l'œil jaloux de Viviane.

Entre-temps, Virgile est revenu de son interrogatoire ; un membre de l'équipe rejoint le commissaire pour prendre le relais.

L'après-midi se déroule entre la cafétéria et la carrière. L'enquête avance-t-elle ? Est-ce que quelqu'un a avoué ?

Chapitre 16

Quand vient le tour de Viviane de s'entretenir avec le commissaire, la jeune fille ne sait pas si elle doit évoquer l'ombre qu'elle pense avoir vue lorsque le projecteur est tombé...

Kim lui conseille d'en parler : on ne sait jamais, c'est peut-être un début de preuve, il faut être totalement transparent… La jeune fille se sent libérée d'un poids en évoquant la scène.

Le commissaire a interrogé un par un les membres de l'équipe, sans aucun résultat. Il demande à Philippe de l'appeler au moindre signe anormal ou suspect. Après lui avoir laissé sa carte de visite, il quitte le haras à bord de sa voiture grise.

Il est déjà 18 heures, tout le monde est éreinté. Philippe donne quartier libre à l'équipe. Théo se dépêche d'aller dans sa chambre, il n'en peut plus de ce tournage maudit !

« Théo, repose-toi bien et rendez-vous demain matin à 9 heures, nous tournerons la scène où tu es seul dans ta chambre… Viviane, c'est là que tu interviendras. Tu connais ton texte ?

– Oui, bien sûr !

– Ah ! J'oubliais : demain, on organise un petit pot vers 12h30, juste avant le déjeuner. Cela permettra de se détendre et de remettre les choses à plat. Virgile, je peux te parler, s'il te plaît ? »

Kim, Lisa, Viviane et Alexandra vont se reposer dans leur chambre. Julien, quant à lui, prend la direction opposée…

« Que fais-tu ? Où vas-tu comme ça ? interroge Kim.

– J'ai proposé à Caroline d'aller faire une petite balade en forêt.

– Ah ! Je vois…

– Non, tu ne vois rien, on va se balader, c'est tout ! »

À l'annonce de cette nouvelle, Viviane devient blanche comme un linge ; elle s'approche de son petit ami, ou du moins ce qu'il en reste…

« Julien, je voudrais m'excuser pour mon attitude… Euh, depuis quelque temps, je ne suis pas vraiment sympa avec toi… Et…

– J'avais remarqué, merci.

– Je ne sais pas ce qui m'a pris d'agir comme ça » s'excuse-t-elle en lui prenant la main.

Mais Julien repousse le geste de Viviane et, sans se retourner, va rejoindre Caroline qui l'attend un peu plus loin.

« Pourquoi me repousses-tu ainsi ? pleure-t-elle en courant derrière lui.

– Tu rigoles ou quoi ? C'est la meilleure ! Tu me laisses tomber comme une vieille chaussette et, maintenant que je suis ami avec Caroline, tu me fais une crise de jalousie… Le monde à l'envers ! Qu'est-ce que tu attends pour aller retrouver ton pseudo... acteur ! Il ne veut peut-être pas de toi ?

– T'es vraiment nul ! lâche Viviane, c'est toi qui joues le mec délaissé en voulant me rendre jalouse ! Ce n'est pas sympa… Je te déteste ! »

Viviane s'enfuit en direction de l'écurie. Kim, en bon copain, propose à Lisa de la rejoindre. Dans ces moments de crise, rien ne vaut les bons copains pour chasser les idées noires. Alexandra leur fait un clin d'œil et leur dit de se dépêcher.

Kim et Lisa s'approchent de l'écurie et cherchent leur amie. Mais il n'y a personne dans les boxes, à part les chevaux qui calmement grignotent leur paille.

« J'aurais juré qu'elle était venue se réfugier près de Sultan, glisse Kim à l'oreille de Lisa.

– Chut… Écoute, j'ai l'impression que quelqu'un pleure derrière les ballots de paille. »

Les deux amis s'approchent tout doucement et découvrent Viviane recroquevillée et cachée derrière un tas de paille.

« Alors, princesse, raconte à tonton Kim ce qui ne va pas !

– Laissez-moi tranquille ! Je ne veux voir personne ! »

Lisa insiste et s'assoit près de son amie tout en faisant signe à Kim de s'éloigner.

« Mais pourquoi pleures-tu autant ?

– Va-t-en, j'ai envie d'être seule !

– Non, je resterai ici. Je n'abandonne pas une amie qui est triste.

– Je ne suis pas une amie sympa, tu le sais bien.

– Ça oui, je te le confirme ! plaisante Lisa. Mais je n'aime pas voir les gens pleurer, alors j'ai décidé de m'imposer. C'est à cause de Julien, ces grosses larmes de crocodile ? »

Viviane reste muette et enfonce plus profondément encore sa tête entre ses jambes.

« Bon, je continue mon interrogatoire façon commissaire Boulard. Mademoiselle Viviane, votre petit ami n'est pas gentil avec vous, c'est ça ? »

Viviane lève la tête, regarde Lisa, puis éclate de nouveau en sanglots.

« Entre nous, sois honnête, tu l'as cherché, quand même ! Non ?

– Tu as raison, je n'ai pas vraiment été très cool avec Julien, je le reconnais, mais le fait de le voir avec Caroline, ça me rend folle.

– Tu es encore amoureuse, ma vieille !

– Tu crois ?

– Puisque je te le dis ! Tu en as tous les symptômes ! Allez, viens, on va écouter de la musique dans ma chambre. T'inquiète, je suis sûre que Julien fait tout ça pour te rendre jalouse… et apparemment ça marche ! »

Chapitre 17

Dès 9 heures, tout le monde est prêt pour le tournage de la scène de la chambre. Il ne faut plus perdre de temps supplémentaire.

Théo est de bonne humeur, ce n'est plus le garçon capricieux des premiers jours. Philippe le lui fait d'ailleurs remarquer :

« Théo, cela me fait plaisir de te voir comme ça !

– De quoi veux-tu parler ?

– Eh bien, tu me sembles moins tendu, tu es plus disponible… Je me trompe ?

– Tu as peut-être raison. Je crois que l'incident avec le projecteur m'a fait prendre conscience de pas mal de choses. Je n'ai plus envie du Théo speed et prétentieux que j'étais. Je le reconnais, ça n'a pas dû être facile tous les jours de travailler avec moi… Allez ! Avoue !

– Si j'avais su que la vue d'un simple projecteur qui te tombe dessus participe à adoucir ton caractère… crois-moi, c'est au début du tournage que j'aurais voulu que ça arrive ! ricane le réalisateur qui commence à se détendre.

– Très drôle ! N'oublie pas que j'ai quand même failli ressortir de cette histoire comme une crêpe ! Au fait, tu as eu de nouvelles informations du commissaire Boulard ?

– Non, je pense qu'il continue son enquête… Ah ! Voilà Viviane. »

Théo se retourne dans la direction de la jeune fille. Viviane n'a pas l'air vraiment en forme, elle est emmitouflée dans une grosse écharpe.

« Alors, prête pour tes débuts de comédienne ? » ironise Philippe.

Mais la jeune fille ne peut pas répondre : elle est aphone et, à demi-mot, essaie vainement d'expliquer qu'elle ne pourra pas donner la réplique à Samuel.

« Dommage, lui répond Théo. On peut peut-être reporter cette scène quand Viviane ira mieux ? demande-t-il.

– Non, je suis désolé mais il n'est pas question de décaler encore le tournage d'une scène. Ce matin, c'est la scène de la chambre, on ne change plus rien au planning. Je vais trouver quelqu'un qui te remplacera, Viviane. J'espère que tu n'es pas trop déçue, mais j'y suis obligé, je dois respecter mes engagements. »

Viviane regarde Philippe avec un petit air de chien battu et acquiesce par un léger mouvement de tête.

« Il me faut une jeune fille pour donner cette réplique. Tu crois que ton amie, euh… Comment s'appelle-t-elle, déjà ?

– Lisa ? réussit tant bien que mal, entre deux quintes de toux, à bredouiller Viviane.

– Oui, c'est ça. Eh bien, c'est elle qui te remplacera, si tu n'y vois pas d'inconvénient, bien sûr. »

Viviane a l'impression qu'une météorite vient de lui tomber sur la tête. Mais elle fait bonne figure devant Philippe et hoche la tête de haut en bas une seconde fois.

À l'annonce de la nouvelle, Lisa est surprise, mais n'explose pas de joie. Elle reste fidèle à sa position : ce feuilleton ne l'intéresse qu'à moitié, alors donner la réplique à Samuel, ça sera juste une expérience comme une autre… Elle est surtout un peu gênée que Philippe lui ait proposé de remplacer son amie. Viviane était si excitée par ce moment de gloire. En la voyant si déçue, Lisa hésite.

« Viviane, je ne sais pas quoi te dire… Je suis désolée, cela m'embête énormément de prendre ta place. »

Viviane inscrit quelques mots sur un petit papier et le tend à Lisa : C'*est ma faute, j'ai attrapé froid et je suis aphone. On n'y peut rien.*

Lisa embrasse son amie sur le coin de la joue et se retire pour aller se préparer. Viviane se retrouve seule.

Julien, qui a observé la scène de loin, se dirige vers son ex-petite amie.

« Alors comme ça tes cordes vocales t'ont trahie. Que dirais-tu d'un bon thé bien chaud avec du miel à la cafétéria ? Ça soulagera ta gorge… et ça nous fera du bien de nous retrouver un peu en tête à tête, tu ne crois pas ? Après, on ira admirer les performances de Lisa. »

Viviane sourit à son ami et lui prend la main, Julien ne retire pas la sienne ; au contraire, il serre très fort la main de la jeune fille. Ils échangent alors un tendre regard complice. Au moins un moment agréable après cette mauvaise nouvelle, pense Viviane.

« Comme tu es aphone, je pourrais te dire toutes les horreurs du monde, tu ne serais pas en mesure de m'insulter ! » plaisante Julien.

Viviane serre encore un peu plus fort sa main dans celle de son petit ami, en guise de réponse. Julien l'embrasse alors amoureusement sur la joue.

Kim observe attentivement cette scène romantique de sa fenêtre. Il se dit dans son for intérieur que ces deux-là s'aiment toujours…

C'est la panique sur le tournage, Lisa relit et relit son texte, pourtant si court. Elle se sent gagnée par le trac, elle est persuadée de ne pas arriver à sortir cette phrase toute simple…

« Samuel, le directeur te demande, il t'attend dans son bureau. »

Alexandra la réconforte et lui sert de répétitrice.

À la cafétéria, les tourtereaux sont heureux de se retrouver. Viviane est sur un petit nuage, et le fait d'être sans voix l'arrange, finalement : elle peut éviter les questions et les réponses gênantes. L'instant présent est si agréable qu'il n'y a pas besoin de parler.

Virgile se trouve un peu plus loin, seul devant sa tasse de café. Julien l'invite à leur table, mais il décline l'invitation : il a envie d'être seul. Pour une fois qu'il a un temps de pause, il en profite. Mais pourquoi répond-il d'une manière aussi désagréable ?

« C'est bizarre, ce qui se passe ici, explique Julien à Viviane. Les personnes agréables au début de notre arrivée, comme Virgile, par exemple, deviennent de vrais pitbulls, et les têtes à claques, comme Théo, s'adoucissent au fil des jours. »

Viviane prend son petit papier et son crayon et écrit : *C'est assez excitant tout de même, on vit un tournage et une énigme en même temps, c'est fou !* Puis elle ajoute : *Tu n'es pas avec Caroline, ce matin ?*

Julien prend à son tour le crayon : *Ben non, puisque je suis avec toi ! Caroline est à Paris aujourd'hui, elle a rendez-vous avec son petit ami.*

Les yeux de Viviane se mettent à briller. Caroline a un petit ami ! Quel soulagement ! Elle qui pensait que Julien voulait sortir avec la jeune actrice !

Julien propose d'aller voir Lisa sur le tournage. Viviane se sent maintenant légère comme un papillon : Julien l'aime encore !

Chapitre 18

« Action ! »

C'est au tour de Lisa d'intervenir. Elle frappe à la porte.

« Entrez ! » clame Samuel.

Lisa entre dans la chambre, regarde Samuel qui travaille à son bureau et, avec une aisance incroyable, comme si elle l'avait fait toute sa vie, lui dit :

« Samuel, le directeur te demande, il t'attend dans son bureau !

– OK, je descends tout de suite ! »

Lisa se retire aussitôt et Samuel sort de la chambre, comme convenu dans le scénario.

« Coupez ! Merci ! » crie le réalisateur.

Tout le monde applaudit. Julien, Kim et Viviane s'approchent de Lisa pour la féliciter.

« Waouh ! Bravo ! Tu as assuré, ma vieille ! »

Viviane lui tend un petit papier : *J'étais verte de jalousie ! Ça, tu peux me croire ! Bravo, sans blague, tu as été géniale !*

Alexandra félicite à son tour son élève, et même Théo, qui d'habitude ne reste jamais sur le plateau après la fin d'une scène, s'avance vers Lisa pour la complimenter.

Il est très souvent nécessaire de recommencer plusieurs fois la même scène, jusqu'à obtenir un résultat parfait, mais là, du premier coup, c'est dans la boîte ! Il faut dire que Philippe a perdu beaucoup de temps avec les accidents, mais cela n'enlève rien à la prestation impressionnante de Lisa.

« Bon, allez, je vous avais promis un petit pot… Tout le monde à la cafétéria ! C'est l'heure ! Nous l'avons bien mérité, il me semble ! »

La petite ruche du plateau s'active. Lisa va se démaquiller et glisse à l'oreille de sa copine :

« Dis donc, j'ai l'impression que vous vous êtes réconciliés avec Julien, vous êtes à nouveau ensemble ? »

Viviane minaude et reste muette, elle aime laisser planer le mystère.

« Je suis bête… Tu es aphone ! Tu me raconteras tout ça plus tard quand tu auras retrouvé ta voix ! Remarque, tu n'as pas l'air d'avoir envie de me contredire ! C'est cool ! »

C'est dans une ambiance bon enfant que toute l'équipe se retrouve autour d'un petit verre. L'ambiance semble un peu plus détendue que les autres jours. Philippe est de bonne humeur, Théo est très agréable, il plaisante même en imitant le commissaire Boulard menant son enquête.

Mais Virgile est introuvable. Cécile demande à tout le monde si quelqu'un l'a vu mais, à part Julien et Viviane qui l'ont aperçu ce matin ici même, personne n'a croisé le jeune assistant. Kim se propose d'aller dans sa chambre le chercher pour participer au verre de l'amitié.

L'adolescent frappe à la porte de la chambre de l'assistant, mais personne ne lui répond. Il pousse la porte qui est légèrement entrouverte et entre. Virgile arrive alors derrière lui, telle une furie.

« Tu fais quoi dans ma chambre ? Qui t'a permis d'entrer ?

– Oh ! Du calme. On dit bonjour, d'abord !

– Tu n'as rien à faire ici, espèce de fouineur !

– Désolé, je venais juste te chercher pour le pot qu'organise Philippe à la cafétéria. Tu as oublié ?

– Non. Mais j'ai autre chose à faire. Alors salut !

– Tu sais que tout le monde t'attend, c'est dommage que tu ne te joignes pas à nous…

– Eh bien, tu leur diras que je vais bien et que je serai là cet aprèm, OK ? »

Virgile a l'air si menaçant que Kim ne désire pas continuer la conversation et retourne *illico presto* à la cafétéria où l'ambiance bat son plein.

L'après-midi, les figurants tournent une scène qui se déroule à l'écurie. Le réalisateur a besoin d'un plan raccord. Les quatre amis ont plaisir à se retrouver avec leur cheval. Viviane passe le peigne afin de démêler la crinière et le toupet de Sultan. Pour être à la hauteur de sa crinière, elle est montée sur la mallette de pansage en guise de marchepied.

Lisa s'amuse à tresser Gaylord pendant que les garçons pansent leur monture.

Philippe filme. Plusieurs plans sont tournés.

Mais, au moment de faire une prise avec Samuel, celui-ci a disparu. Cécile le cherche partout. Théo n'est ni dans sa chambre ni à la cafétéria ; il ne répond pas au téléphone…

« Il est peut-être tout simplement allé se promener, suggère Alexandra.

– Ce n'est pas possible, répond le réalisateur, il sait que j'ai besoin de lui ! Cécile, s'il te plaît, peux-tu chercher Théo ? Moi qui pensais qu'il s'était assagi… C'était trop beau ! »

Au dîner, Théo n'a toujours pas réapparu. Philippe décide de le laisser tranquille, il verra ça demain matin. Sûrement un caprice de star qui veut se retrouver seul pour mieux réfléchir…

Virgile, en revanche, a retrouvé sa bonne humeur et plaisante à table.

C'est fou comme l'être humain a la capacité de passer d'un extrême à l'autre, en oubliant totalement l'état dans lequel il était dix minutes auparavant.

« J'ai vraiment la sensation que ce type n'est pas net ! » chuchote discrètement Kim à Julien.

Chapitre 19

Au petit matin, toujours pas de nouvelles de Théo.

Cécile commence à s'inquiéter sérieusement quand elle découvre en entrant dans la chambre du jeune comédien que son lit n'a pas été défait. Elle redescend quatre à quatre l'escalier et se précipite dans le bureau de Philippe Webster.

« Philippe, Théo n'a pas dormi dans sa chambre cette nuit ! »

– Qui te dit qu'il n'a pas refait son lit avant d'aller faire une balade ce matin ? Il est peut-être devenu maniaque ? plaisante le réalisateur.

– Ça m'étonnerait, plus bordélique que Théo, on ne fait pas !

– Je ne sais pas, moi, as-tu questionné Virgile ? Ce garçon a l'air d'être toujours au courant de tout.

– Oui, je lui ai posé la question au petit déjeuner, il m'a répondu qu'il n'avait vu ni Théo ni Caroline depuis hier soir.

– L'absence de Caroline était prévue : elle devait aller à Paris hier. Elle doit rentrer dans la matinée pour tourner cet après-midi. Mais je ne comprends pas celle de Théo… Ce tournage commence franchement à me taper sur le système ! »

Théo reste introuvable. Philippe, dans un accès de colère, demande à Cécile de prendre quelqu'un pour le remplacer. Tans pis pour lui, il n'avait qu'à être là ! Il suffit de trouver un garçon qui ait la même silhouette que Théo… Il filmera les plans éloignés dont il a besoin.

Avec un peu de chance, le jeune comédien réapparaîtra en fin de matinée. Il y a urgence et le réalisateur a besoin de scènes raccords avec Samuel s'entraînant dans la carrière.

Cécile est angoissée car Philippe lui en demande beaucoup. Comment va-t-elle faire pour trouver une doublure parfaite en un temps record ?

À cet instant, Virgile s'avance vers eux et s'écrie :

« Moi, je peux le faire !

– Comment ça ? lui demande Cécile.

– Regardez ! Virgile s'éloigne légèrement de la scripte et du réalisateur. Il se retourne et est maintenant de dos. Je vous fais penser à qui ?

– Tu as totalement raison ! On dirait Théo, tu as la même stature. Pourquoi je n'y avais pas pensé plus tôt ? s'exclame Cécile soulagée.

– Qu'on m'appelle la costumière pour lui donner les vêtements de Samuel et je fais un essai ! Merci, Virgile, tu es mon sauveur, lui dit Philippe tout excité.

– Au fait, un point important, glisse Cécile. Tu sais monter à cheval ?

– Bien sûr ! Je ne suis pas un pro, mais je me débrouille et, pour les raccords, vous n'allez pas me demander de participer à un concours hippique, non ?

– Vendu ! se réjouit Philippe. Tout le monde en place, on va tourner ! »

Virgile se sent alors devenir quelqu'un de très important. Il se dépêche d'enfiler les vêtements du héros de la série.

De leur côté, après le petit déjeuner, Kim, Lisa, Viviane et Julien ont décidé d'aller traîner sur le plateau voir l'équipe en action. Viviane n'a toujours pas retrouvé sa voix, mais elle a retrouvé Julien, et cela lui semble bien plus important ! Elle s'est rendu compte, au moment où elle sentait Julien s'éloigner d'elle, qu'elle était toujours amoureuse de son petit ami. Théo n'était en fait qu'un petit coup de cœur, une illusion. Ses amis avaient raison quand ils lui ont fait remarquer qu'il existait un fossé entre le gentil Samuel, personnage créé par les scénaristes, qu'elle voyait tous les mercredis à la télé, et le vrai Théo, personnage de la vraie vie, qui n'était pas si séduisant. Une sorte de Docteur Jekyll et Mister Hyde.

« Vous êtes prêts ? demande Kim à ses amis. Ils ont commencé à tourner. »

Les quatre amis se dirigent vers la carrière. Philippe est aux commandes et filme un plan où l'on voit Samuel s'entraîner de loin.

« Ben, il ont retrouvé Théo, il est là sur son cheval !

– Pourquoi tu dis ça ? demande Lisa à Kim.

– J'ai croisé Cécile tout à l'heure qui cherchait désespérément notre cher Théo Guibert. Elle avait un air paniqué, comme si on l'avait kidnappé.

– Ils sont tous devenus fous, sur ce tournage, ils ont l'impression d'être victimes d'un complot ! » rétorque Lisa.

Philippe vient de terminer sa prise. Le jeune Samuel, qui se trouvait dos à la caméra, descend de son cheval et avance vers la maquilleuse pour une retouche.

« Je rêve ou quoi ? s'écrie Julien. Ce n'est pas Théo sur le cheval…

– Tu as raison, c'est Virgile !

– Virgile fait de la figuration, maintenant ? demande ironiquement Kim à Cécile.

– Non, il remplace Samuel.

– Une doublure, pourquoi ?

– Monsieur Guibert est aux abonnés absents, introuvable ! Philippe en a plus qu'assez de ses caprices de star. Virgile va le remplacer pour toutes les scènes raccords, cela nous évitera de perdre encore du temps et de mettre définitivement le tournage en péril.

– C'est dingue comme il ressemble à Samuel… de dos ! s'étonne Lisa.

– Oui, et c'est une chance qu'il soit là, on a pris tellement de retard qu'on est obligés de bricoler ! Personne ne soupçonnera que ce n'est pas Théo ! »

Kim remarque à quel point le jeune assistant éprouve un énorme plaisir à se faire chouchouter par la maquilleuse et lance :

« Quelle aubaine pour Virgile ! L'absence de Théo n'embête pas tout le monde !

– À quoi penses-tu ? lui demande Lisa, curieuse.

– Je ne sais pas, mais depuis que Virgile nous a accusés du vol des cassettes…

– Attends, il ne nous a pas accusés, l'interrompt Julien.

– C'est tout comme !

– Tu as raison, Kim, je n'ai pas aimé ce qu'il a dit au commissaire.

– Vous savez quoi ? J'ai très envie de jeter un coup d'œil dans sa chambre. Hier, je n'ai pas du tout supporté la façon dont il m'a reçu !

– Tu ne peux pas aller fouiller dans ses affaires, ça ne se fait pas, tente de le dissuader Lisa.

– Je n'ai pas dit que j'allais fouiller, mais juste jeter un coup d'œil. Ce garçon cache quelque chose. »

Viviane griffonne un petit mot sur son bloc. Elle est toujours aphone, ce qu'elle supporte de moins en moins bien : *Je viens avec toi et je fais le guet.*

« Pratique pour me prévenir ! Sans voix !

– Alors c'est moi qui fais équipe avec toi, Kim ! » propose Lisa.

Chapitre 20

Philippe crie : « Silence ! On tourne... Moteur ! »

Kim et Lisa savent qu'à partir de ce moment-là, selon le planning de l'après-midi, ils ont environ une heure tranquille pour « jeter un coup d'œil » à la chambre de Virgile.

De toute façon, il est tellement absorbé par sa nouvelle carrière qu'il semble être sur une autre planète. Aucune raison qu'il ne profite pas au maximum des projecteurs et qu'il regagne sa chambre précipitamment.

Julien et Viviane leur lancent un salut d'encouragement.

Les deux apprentis inspecteurs croisent en chemin leur coach préférée qui leur demande s'ils sont disponibles pour l'accompagner aux boxes. Kim trouve une excuse et lui promet de la rejoindre dans une petite demi-heure.

Arrivés tous deux devant la chambre de Virgile, Lisa fait le guet avant que Kim n'ouvre la porte. Personne en vue.

« C'est bon ! chuchote-t-elle. Si je tousse, c'est le signal, cela voudra dire que quelqu'un est dans le couloir, OK ?

– OK ! »

Kim est très excité à l'idée de jouer à l'inspecteur. Il se prend au jeu et, minutieusement, commence à fouiller dans la chambre du jeune assistant, cherchant une preuve... Mais une preuve de quoi ? Le doute s'installe et pousse Kim à ressortir précipitamment de la chambre.

« Déjà ? Tu as trouvé un indice si rapidement ? l'interroge Lisa.

– Mais non, j'ai juste un doute. On cherche quoi, au juste ?

– Ben, une preuve, quelque chose qui pourrait accuser Virgile. N'importe quoi… Un détail, mais quelque chose !

– On l'accuse de quoi, en fait ?

– Euh… Tu as raison, ce n'est pas parce qu'il nous a accusés que Virgile est coupable. »

Les deux adolescents décident de repartir : ils n'ont rien à faire dans la chambre de Virgile. Mais, au moment de descendre l'escalier, Kim s'arrête et s'adresse à Lisa :

« Il y a un truc qui me chiffonne, quand même ! L'autre soir, il avait vraiment l'air très flippé que je sois entré dans sa chambre, comme s'il cachait un secret. Je veux quand même en avoir le cœur net. J'y retourne ! »

Kim fait demi-tour sans même attendre la réponse de son amie qui reprend très docilement son rôle de guetteur.

Il cherche partout. Il soulève la couette, ouvre les tiroirs, regarde derrière les livres. Rien. Il semble déçu et, au moment de partir, il jette un coup d'œil à l'armoire, essaie d'ouvrir la porte, mais elle est fermée à clef…

« Voilà ! dit-il. Si l'armoire est fermée, c'est qu'il y cache un secret. Il faut que je trouve cette clef. »

Pour plus d'efficacité, Kim se met un instant dans la peau de Virgile et se demande où ce dernier cacherait une clef. Son œil scrute la pièce, et s'arrête sur un petit vase.

« Une cachette trop classique pour une clef, mais on ne sait jamais ! »

Il retourne le vase. Rien, à part quelques vieux emballages de chewing-gums et de bonbons. L'œil continue sa quête effrénée et s'arrête sur le pot à crayons qui se trouve sur le bureau. Kim plonge deux doigts au fond du pot entre les crayons et… génial ! Ses doigts remontent une petite clef qu'il s'empresse d'introduire dans la serrure de la porte de l'armoire.

« Bingo ! » hurle Kim de bonheur.

La porte de l'armoire s'ouvre enfin, et l'adolescent recule horrifié.

Au même instant, devant l'écurie, Alexandra vient de trouver Fanfan, le cheval de Kim. Il a dû s'échapper de son box.

« Mais que fais-tu ici, tout seul ? demande Alexandra au cheval, qui est en train de brouter tranquillement. Tu devrais être dans ton box ! »

Le cheval continue son déjeuner, savourant pleinement ce moment de liberté. Alexandra le caresse et le reconduit à l'écurie. Hubert, le palefrenier du plateau, arrive en courant.

« Mais que fait ce cheval ici ?

– C'est justement ce que je me demandais », opine Alexandra.

Hubert et Alexandra ramènent tous deux le bel étalon dans son box. Fanfan n'est pas vraiment content, c'est si agréable de brouter où bon lui semble, de quoi se mêlent-t-ils, tous les deux ?

Hubert entre dans le box et cherche à comprendre comment Fanfan a pu s'enfuir.

« Philippe m'a demandé de seller les chevaux, pour faire quelques prises, j'ai peut-être mal fermé la porte du box de Fanfan… C'est bizarre, quand même… »

Alexandra s'avance pour faire entrer le cheval, quand elle bute sur un petit objet. Elle se baisse pour le ramasser :

« C'est quoi, ce petit flacon vide ?

– Faites voir, Alexandra ! » demande Hubert.

Hubert observe le petit flacon et ne comprend pas son utilité et puis, surtout, que fait cet objet improbable dans le box de Fanfan ? Hubert ouvre le bouchon pour chercher à en savoir un peu plus sur le contenu du flacon. Il recule brutalement.

« Pouah ! Ça pue le chloroforme !

– Le chloroforme ? s'écrie Alexandra. Bizarre… Notre vétérinaire n'utilise pas ce genre de produit, je ne comprends pas ce que ce flacon fait ici !

– Alexandra ! Regardez ! La paille… On a l'impression qu'il y a eu une bagarre ici, il y en a partout… Et observez ces traces par terre, on dirait que quelqu'un a traîné quelque chose.

– Il faut en parler tout de suite à Philippe ! »

Dans le couloir, Lisa a entendu le cri de Kim ; elle se précipite dans la chambre.

« Que se passe-t-il ? Pourquoi as-tu crié ?

– Regarde à l'intérieur de l'armoire ! »

Lisa s'approche, puis recule aussitôt d'un pas, et blêmit en regardant Kim dans les yeux :

« Ce n'est pas vrai ! Dis-moi que ce n'est qu'un mauvais rêve, que mon réveil va sonner et que je vais me réveiller dans quelques minutes ! On nage en plein thriller, là ! dit-elle d'une voix tremblotante. Je commence à avoir sérieusement la trouille. »

Kim prend sur lui et s'approche à nouveau de l'armoire. La porte est tapissée de photos de Théo Guibert, d'articles de journaux concernant le jeune acteur et, le plus troublant, une photo de Samuel/Théo, où l'on peut lire, inscrit en énorme, *JE TE DÉTESTE* est fixée au milieu du panneau.

Chapitre 21

Kim et Lisa referment la porte de l'armoire, remettent la clef dans le pot à crayons et sortent précipitamment de la chambre de Virgile.

Encore sous le choc de ce qu'ils ont vu, ils n'arrivent pas à courir, leurs jambes tremblent. Ils se dirigent vers la carrière.

Viviane et Julien sont accoudés le long de la barrière et assistent au tournage. Philippe continue de filmer quelques séquences où l'on voit Virgile sur le cheval de Théo, de loin et de dos.

La ressemblance est vraiment frappante !

Viviane regarde sa montre et jette un œil vers les chambres, espérant entrevoir ses deux apprentis inspecteurs revenir de leur mission.

Kim et Lisa arrivent finalement, mais en courant….

« Ah ! Les voilà ! crie Julien en allant à leur rencontre. Alors, vous avez trouvé quelque chose ?

– Inimaginable ! lance Lisa, encore choquée.

– Comment ça ?

– Tu ne vas pas nous croire ! renchérit Kim.

– Racontez… les supplie Viviane d'une petite voix rauque.

– Mais tu parles, maintenant ! se moque malicieusement Julien.

– Hum… Hum… Presque !

– Écoute, Kim et Lisa ont découvert quelque chose dans la chambre de Virgile qui a l'air de faire peur, vu leur tête. »

Kim s'adosse à la barrière et commence à raconter. Au loin, Virgile, qui vient de terminer ses prises, est intrigué par ce petit rassemblement impromptu.

Ils ont l'air de comploter quelque chose ces quatre-là, pense-t-il. Pour satisfaire sa curiosité, il s'approche discrètement. Ni Kim, ni Lisa, ni

Viviane, ni Julien n'ont remarqué la stratégie d'approche de Virgile... Ils restent appuyés le dos le long de la barrière, absorbés par le récit de Kim.

Au moment où il commence à entrer dans le vif du sujet en décrivant l'intérieur des portes de l'armoire, Virgile, monté sur Tempête, le cheval de Théo, se rapproche encore un peu plus...

Il a tout entendu et se sent pris au piège.

Tempête se met à hennir. Les quatre amis se retournent brusquement et découvrent Virgile.

« Il a tout entendu ! hurle Kim.

– Vous n'avez pas le droit de fouiller dans ma chambre ! se défend Virgile.

– Il faut prévenir Philippe immédiatement ! » panique Lisa.

Virgile sait désormais qu'il est démasqué.

Il saute la barrière avec Tempête et s'enfuit dans la campagne.

« Vite, à l'écurie ! Il ne faut pas le perdre de vue ! lance Julien. Ce n'est pas un bon cavalier, on va pouvoir le rattraper facilement ! »

Les jeunes figurants se dirigent au pas de course vers l'écurie. En croisant Alexandra et Hubert, qui se trouvaient toujours près du box de Fanfan, Kim leur raconte en deux mots ce qu'il a vu :

« Je n'ai pas bien compris, c'est quoi, ces photos ? Et l'armoire ? insiste Alexandra.

– On te racontera en détail plus tard. Pour le moment, il faut qu'on rattrape Virgile. Dis à Philippe qu'on pense savoir qui veut du mal à Théo !

– Génial, tous les chevaux sont sellés, merci, Hubert !

– Je viens de terminer, c'était pour le tournage.

Chaque élève fait sortir son cheval de son box, et Hubert leur tend des casques. Alexandra leur conseille vivement d'être prudents.

De son côté, Philippe ne décolère pas, il se demande pourquoi Virgile s'est enfui ainsi. Cécile essaie en vain de le calmer, quand arrivent Alexandra et Hubert.

« Je ne sais pas ce qui se passe, mais j'ai l'impression que Kim, Lisa, Julien et Viviane ont découvert quelque chose de très intéressant… Ils n'ont pas eu le temps de nous en dire plus, explique Alexandra.

– Et on a trouvé ceci dans les boxes ! » continue Hubert en montrant le flacon de chloroforme.

Philippe s'assoit lourdement sur sa chaise de réalisateur et souffle très fort.

« C'est quoi encore, ce plan ? J'en ai vraiment plus qu'assez de ce tournage. Que se passe-t-il ? Si c'est un sujet pour la caméra cachée, qu'on me le dise tout de suite avant que je pique une crise de nerfs ou que je développe un ulcère foudroyant !

– Je peux vous assurer, Philippe, que ce n'est pas une caméra cachée ! lui répond Cécile, on m'en aurait avertie auparavant.

– Et Théo ? Quelqu'un a-t-il de ses nouvelles ?

– Toujours aucune de mon côté.

– Alors qu'on m'explique pourquoi ma doublure s'est enfuie avec le cheval de mon comédien ! C'est kafkaïen ! Nous sommes en plein délire !

– Il faudrait peut-être appeler le commissaire Boulard ? » suggère Alexandra.

Au milieu des champs, les amis poursuivent Virgile.

N'étant pas un cavalier émérite, il n'est pas aussi rapide que les quatre jeunes cavaliers entraînés par Alexandra. Il vont bientôt le rattraper.

« Regardez ! Il est là-bas ! s'écrie Kim. Il entre dans la forêt.

– On est plus rapides que lui, on va le rattraper dans une minute ! »

Chapitre 22

Virgile n'est pas très sûr de lui ; l'équitation n'est pas son fort, ce qui arrange les adolescents à ses trousses. Ils arrivent à l'orée de la forêt, persuadés qu'ils vont l'intercepter. Mais Virgile a disparu. Le feuillage des arbres obstrue l'horizon et gêne leur champ de vision.

Ils choisissent de se diviser en deux groupes pour multiplier leurs chances. Kim et Lisa iront d'un côté, Viviane et Julien de l'autre. Comme ils ont leur téléphone portable avec eux, ils pourront se tenir au courant des progressions de chacun.

« Avant de faire des groupes, il faut regarder les traces au sol, ça peut être une première piste, propose Lisa.

– Mais bien sûr !

– Tu as raison, pourquoi n'y a-t-on pas pensé avant ? » lance Kim.

Et, tels des Sioux, ils observent le sol de la forêt. Soudain, Viviane, qui a retrouvé un semblant de voix, hurle :

« Là ! Des empreintes de sabots, il faut les suivre !

Kim, Julien, Lisa et Viviane, pris par ce jeu de piste, suivent les empreintes au sol. Les traces les amènent jusqu'à une clairière, puis les traces de sabots se mélangent et deviennent illisibles : impossible de continuer. Virgile a dû tourner en rond sur sa monture à cet endroit.

« Regardez bien, il y a sûrement d'autres traces qui pourraient nous être utiles ! » continue Lisa acharnée par ce défi.

Les jeunes figurants sont en pleine action : ce n'est plus du cinéma, il faut vraiment retrouver Virgile.

« J'appelle Alexandra ! Ce qu'a fait Virgile est trop grave, on n'y arrivera pas seuls » s'inquiète Kim.

Lisa sort son portable de sa poche, mais, hélas, aucun réseau ne passe au milieu de cette forêt.

« J'ai trouvé ! crie Julien, les traces continuent par là, elles ont été effacées avec une branche, regardez ! »

Effectivement, quelqu'un s'est servi d'une grosse branche d'arbre pour effacer les traces de sabots mais, un peu plus loin, la piste continue. Et nos amis repartent de plus belle. La forêt n'est pas grande ; ils arrivent très vite près d'un bosquet et ralentissent. Soudain, un hennissement se fait entendre. Ils s'arrêtent, descendent de leur cheval et Kim pousse de la main les feuillus qui servent de rideau. Le cheval Tempête se trouve là, attaché près d'une vieille ferme abandonnée.

« Il est là ! murmure Lisa.

– Chut, il ne faut pas se faire repérer.

– Zut, il n'y a toujours pas de réseau pour téléphoner.

– Je propose d'aller en éclaireur avec Julien pour voir si Virgile est caché dans la ferme, propose Kim.

– Attends ! Et nous ? râle Lisa, mécontente de ne pas participer à l'aventure.

– Ben, vous attendez-là !

– C'est parce qu'on est des filles qu'on doit rester planquées ? Moi, je ne suis pas d'accord ! Je veux y aller ! continue Lisa.

– Attends ! Ce n'est pas le moment de se disputer ! remarque Kim.

– On tire à la courte paille pour déterminer qui aura le privilège d'enquêter près de la maison !

– Stop ! Lisa va avec Kim, on n'a pas de temps à perdre ; moi, je reste ici avec Viviane. Ça convient à tout le monde ? Et particulièrement à notre féministe préférée ? conclut Julien avec autorité.

Lisa est si excitée de s'approcher de la vieille maison qu'elle en oublie d'acquiescer et de répondre à Julien (qui en est le premier étonné !).

À pas feutrés, Kim et Lisa se dirigent vers la vieille bâtisse.

Tempête broute, ce qui l'occupe assez pour ne pas remarquer la présence des deux jeunes amis.

Kim s'avance tout doucement le long du mur, suivi de Lisa. Ils atteignent la fenêtre. Lisa fait craquer une petite branche en marchant dessus. Kim se retourne vers elle et lui chuchote avec agacement :

« Chuuut ! Tu le fais exprès ou quoi ? »

De l'autre côté du bosquet, Viviane et Julien surveillent en tremblant et soutiennent leurs copains comme ils le peuvent.

« Pourvu qu'ils ne se fassent pas repérer ! »

Tout à coup, le portable de Viviane émet un petit bip.

« Ça y est ! Le réseau passe. Je vais prévenir Alexandra ! » dit-elle, rassurée que cet objet si précieux fonctionne. Mais, n'ayant pas entièrement retrouvé sa voix, c'est Julien qui explique à la coach ce qu'ils ont découvert.

Kim se redresse discrètement pour regarder par la fenêtre, puis se rabaisse immédiatement et fait signe à Lisa de retourner au bosquet. Mais Tempête a repéré les adolescents et se met subitement à hennir.

Kim, pris de panique, pique un sprint vers le bosquet ; quant à Lisa, légèrement tétanisée par le hennissement, elle court se cacher près du mur de la maison. Virgile, intrigué par la réaction du cheval, sort de la vieille bâtisse.

« Qu'est-ce qui se passe, Tempête ? »

Lisa ne sent plus ses membres. Que se passera-t-il si elle se fait repérer ? s'angoisse-t-elle en son for intérieur. Elle, qui a insisté pour venir avec Kim, est en train de tout gâcher... La jeune fille culpabilise et craint pour son ami.

Virgile observe les alentours puis, voyant que tout est calme, retourne dans la vieille bâtisse. Lisa pousse un énorme soupir de soulagement. Du bosquet, Kim lui fait des signes afin qu'elle les rejoigne.

Mais, au moment où Lisa traverse la cour de la ferme, totalement à découvert, Virgile ressort de la maison.

Chapitre 23

Au haras, Alexandra vient d'écouter le message de Julien. Elle explique à Philippe l'aventure de ses jeunes élèves, mais ce dernier, excédé par tout ce qui s'est passé depuis quelques jours sur son tournage, lui répond en éclatant de rire :

« Alexandra, tu as un talent d'auteur, quelle imagination débordante ! Je t'engage pour écrire un épisode ! Voire une saison !

– Philippe, je suis sérieuse, là ! Kim, Lisa, Viviane et Julien ont suivi Virgile qui s'enfuyait et ils l'ont retrouvé derrière la forêt, près d'une veille ferme abandonnée, tu vois de quel endroit il s'agit ?

– Et en plus tu t'es documentée pour ton synopsis ! Bravo ! Quelle rigueur !

– PHILIPPE ! hurle soudainement Alexandra. Ce n'est pas une fiction et je n'ai pas envie de perdre un temps précieux à te convaincre : mes élèves sont en danger, il faut prévenir le commissaire Boulard ! »

Philippe ne peut rester indifférent à la réaction de la coach et décide de prendre la situation plus au sérieux.

« Désolé, mais je commence à craquer avec tout ce qui se passe ici et je ne sais plus qui croire… »

Virgile a reconnu Lisa, il reste de marbre et la questionne sans animosité apparente.

« Qu'est-ce que tu fais ici ?

– Et toi ? lui répond la jeune fille qui sent son cœur battre à en faire exploser sa poitrine mais n'en laisse rien paraître.

– Tu vois, j'aime me retrouver souvent dans cet endroit, la campagne y est belle et… »

Kim, Julien et Viviane l'interrompent en sortant précipitamment du bosquet.

« Oui, bien sûr, et surtout tu te fous de nous ! »

Virgile se sent soudain pris au piège. Il se retourne pour rentrer dans la vieille maison, mais Julien, qui est le roi du sprint, court de tout son souffle pour le couper dans son élan. Lisa lui fait un croche-pied, Virgile s'étale de tout son long. Puis Julien le retient au sol.

« Ne nous cache pas la vérité ! Tu sais qu'on a fouillé dans ta chambre et qu'on a découvert ton secret dans l'armoire.

– Tu es qui, au juste, Virgile ? s'énerve Lisa.

– Vous êtes une bande de paranos ! J'ai le droit d'avoir des posters de Théo dans ma chambre, c'est quoi le problème ?

– Alors, si tu n'as rien à te reprocher, pourquoi t'es-tu enfui tout à l'heure ?

– Je ne me suis pas enfui, j'ai eu envie de faire une balade !

– Et à l'instant ? Tu avais envie de courir avant de prendre un thé ? Tu nous prends vraiment pour des débiles !

– Tu me lâches ! se débat Virgile.

– Je te lâche si tu te tiens tranquille et si tu nous racontes ce qui ne va pas bien dans ta petite tête. »

Julien, maintenant toujours Virgile par le bras, le relève.

« Chut ! Écoutez, j'entends du bruit ! » murmure Lisa.

Effectivement, un petit bruit sourd venant de la vieille maison se fait entendre. Kim se dépêche d'y entrer pour vérifier à l'intérieur d'où vient ce bruit singulier.

« Venez vite ! Théo est là, on dirait qu'il est prisonnier ! »

Théo est allongé sur un vieux matelas tout usé, ligoté et bâîllonné.

« Humpf ! humpf ! humpf ! »

Kim se saisit d'un vieil outil qui se trouve au mur et délivre le jeune acteur.

« Ce type est un malade ! hurle Théo aux quatre amis. Il m'a chloroformé pour m'endormir l'autre soir à l'écurie, puis dans, la nuit, il m'a transporté ici avec lui, sur Tempête… J'ai eu l'impression de vivre une scène d'un mauvais western.

– Si tu savais ce qu'on a découvert punaisé sur l'intérieur de la porte de son placard !

– Quoi ? demande Théo en se frottant les poignets encore endoloris par la ficelle.

– Ton portrait, des articles de journaux sur toi, façon *serial killer* ! J'ai eu l'impression de me retrouver dans un épisode d'une série policière, raconte Kim.

– C'est quoi ton problème ? Tu peux me le dire ? » vocifère Théo en s'adressant à Virgile.

Le coupable, toujours tenu fermement par Julien, baisse la tête et commence à s'emporter.

« Je t'ai toujours détesté, Théo Guibert… Dès le premier jour où je t'ai vu arriver, sûr de toi, au casting.

– De quel casting veux-tu parler ? lui demande Théo intrigué.

– Du casting de *Un amour de cheval*, abruti. À quel autre casting veux-tu que je fasse allusion ? Tu ne te souviens pas de moi ?

– Non, je n'en ai aucun souvenir.

– Bien sûr, monsieur ne regarde pas ce qui se passe à côté de lui !

– Continue ! J'ai hâte de connaître la suite !

– Le jour du casting, j'étais là, moi aussi, persuadé que le rôle de Samuel serait pour moi.

Mes essais avaient été concluants, le rôle m'était presque acquis. Puis tu es arrivé et tu as fais ton numéro ! Je me souviendrai toute ma vie du moment où ils ont annoncé que c'est toi qui avais le rôle. À cet instant, j'ai juré que je me vengerais... C'est MOI qui devais jouer Samuel, MOI qui devais signer des autographes, MOI qui devais être célèbre... »

Virgile, saisi d'un accès de folie, se débat, bouscule Julien et réussit à s'enfuir. Il referme la porte de la vieille ferme en la bloquant à l'aide d'un vieux tronc d'arbre et continue son monologue de l'autre côté de la porte, à l'extérieur de la ferme.

« Je te déteste, Théo, tu vas disparaître avec tes petits copains dans les flammes ! »

À l'intérieur de la vieille maison, les garçons essaient en vain d'ouvrir la porte.

« C'est un malade, ce type ! Il est capable de tout ! » panique Théo.

Lisa ne perd pas ses moyens et se rue sur la fenêtre, l'ouvre et se retrouve également dehors. Elle aperçoit alors Virgile, les bras remplis de paille, s'avançant vers la porte.

D'un coup de pied, elle réussit à dégager le tronc qui obstruait la porte.

« Je vais mettre le feu à la maison... Théo va brûler vif ! Vous allez tous disparaître dans les flammes ! »

La porte s'ouvre et Kim, Julien et Viviane se précipitent sur le criminel.

Virgile se débat, mais Julien, Kim et Théo parviennent à le maintenir prisonnier.

« Alors, comme ça, tu voulais nous faire griller comme de vulgaires sardines ? Tu n'es pas sérieux, Virgile ! » lui lance ironiquement Kim.

Virgile éclate en sanglots.

« Je... Je ne sais pas si j'aurais été jusqu'au bout... Mais j'en ai eu tellement envie. Théo... Je te déteste, tu as brisé ma carrière et ma vie !

– Oh ! Les grands mots !Tu ne peux pas dire ça, Virgile ! Ce n'est pas ma faute si tu n'as pas été pris pour le rôle de Samuel lors du casting, je n'y suis pour rien. Désolé. J'ai été meilleur que toi, il faut savoir être bon perdant ! C'est le principe même des castings. Si tu avais été si bon, je n'aurais même pas pu faire un essai.

– C'est MOI qu'ils auraient dû choisir ! répète Virgile entre deux sanglots.

– J'ai une question à te poser, intervient Lisa. Tu as dû souffrir atrocement tous les jours sur le tournage en étant juste assistant de production ?

– Et tu ne trouves pas ridicule de se venger de la sorte ? continue Julien.

– Je… Je sais que c'est stupide, mais il fallait que je le fasse. C'était plus fort que moi ! Oui, c'est moi qui ai volé les cassettes, qui ai scié les barres d'obstacles ! »

Tempête hennit car il vient d'entendre une voiture se garer juste à côté. Effectivement, Alexandra, Philippe Webster et le commissaire Boulard arrivent précipitamment.

« Tout va bien, les enfants ? s'écrie Alexandra.

– Oui, oui, ça va… et nous avons une histoire incroyable à vous raconter qui pourrait servir à un épisode de *Un amour de cheval*, rigole Kim.

– Mais pourquoi est-ce que vous maintenez Virgile de la sorte ? s'étonne Philippe.

– Il a voulu s'échapper.

– Comment ça ?

– Votre cher assistant de production va tout vous raconter, et je pense que cela va beaucoup intéresser monsieur le Commissaire » continue Théo.

Virgile est toujours effondré. Le commissaire le prend par le bras et lui demande de s'expliquer. Une fois l'interrogatoire terminé, le commissaire Boulard tire les conclusions qui s'imposent :

« Eh bien, jeune homme, avez-vous conscience que vos actes sont graves ?

– Je n'ai rien fait de mal !

– Et l'épisode du projecteur… Tu as oublié ? Cela aurait pu me tuer, s'égosille Théo.

– Effectivement, c'est moi qui l'ai poussé, mais j'avais fait en sorte qu'il te frôle, c'est tout.

– Il y a là tout de même un acte qui est loin d'être anodin ! continue le fonctionnaire.

– Je voulais juste lui faire peur, je voulais que Théo craque pour prendre sa place !

– C'est très grave, ce que tu as fait, Virgile ! » affirme Alexandra.

Tout le monde retourne au haras. Le commissaire, le réalisateur, Théo et Virgile repartent en voiture. Alexandra monte Tempête et les quatre héros leur propre monture. Mais, juste avant d'entrer dans la voiture, Théo s'approche de Viviane et lui demande gentiment :

« Tu veux toujours un autographe pour ta petite sœur ? »

Viviane le regarde, tousse pour éclaircir sa voix et lui lance :

« Ce n'est que maintenant que tu deviens aimable ? Quand je t'ai demandé cet autographe tu m'as ri au nez ! Alors… laisse tomber ! »

Sans réagir ni s'excuser, Théo entre dans la voiture. Viviane se retourne et poursuit en souriant :

« Et puis, au fait, tu sais ? Je suis fille unique ! Je n'ai pas de petite sœur ! »

La voiture s'éloigne et les amis éclatent de rire.

Julien glisse un tendre baiser à Viviane.

« C'est fini… Ton petit cœur ne bat plus pour lui ?

– Idiot ! C'est pour toi qu'il bat ! »

Chapitre 25

Le lendemain matin, le calme est revenu au haras. Philippe est plus serein, il va pouvoir continuer le tournage ; on ne parle que des événements de la veille au sein de l'équipe. Caroline est rentrée au haras et n'arrive pas à croire à cette histoire rocambolesque.

« Waouh ! Dire que j'ai raté tout ça !

– Et que va devenir Virgile ? demande Lisa à Philippe.

– J'ai eu le commissaire ce matin au téléphone : les parents de Virgile sont arrivés hier soir, ils sont abasourdis par ce qui vient de se passer. Virgile va suivre une thérapie qui va l'aider à mieux se contrôler et à comprendre ce qui l'a amené à agir ainsi. Théo ne portera pas plainte, moi non plus d'ailleurs. J'ai proposé qu'il vienne faire des travaux d'intérêt général au Haras du Loup.

– C'est-à-dire ?

– Je le reprendrai comme assistant de production, car c'est un garçon qui a de grandes qualités, et je veux lui faire aimer le métier de la production audiovisuelle, je veux lui montrer qu'il n'y a pas que le métier d'acteur. On peut s'épanouir en étant soit réalisateur, soit producteur, éclairagiste de plateau, ou preneur de son… bref, tous les métiers que l'on peut trouver sur un plateau et qui participent à offrir du rêve et des moments de plaisir aux spectateurs et aux téléspectateurs.

– Je peux vous avouer une chose ? ajoute Théo. Cette histoire m'a vraiment effrayé, surtout l'épisode du projecteur, mais cela m'a permis d'atterrir, de revenir un peu sur terre, de me dire que je fais partie des mortels, bref, de revenir dans la vraie vie.

– C'est cool si cette aventure te permet de devenir un peu moins agressif et plus respectueux de tes partenaires, lui glisse malicieusement Caroline.

– Pardon, j'ai vraiment été ignoble avec toi, je le reconnais !

– Bon, ben tu peux remercier Virgile, alors ! continue Kim en plaisantant.

– Je n’irai pas jusque-là, mais il m’arrivait parfois de mélanger la vie de Samuel et ma propre vie, et puis avoir une horde de filles qui vous idolâtrent, ça fait perdre la tête !

– J’en rêve ! » réplique Julien la main sur le cœur.

Viviane et Lisa se jettent sur Julien et, telles des groupies, lui hurlent dans les oreilles :

« Juliiiiiiiiiiien ! On t’aime ! »

Tout le monde éclate alors de rire.

« Je vais plomber l’ambiance, là ! lance Philippe. Vous savez que vous rentrez demain ?

– Quoi ? Déjà ? s’exclament les cavaliers.

– Eh oui, vous avez terminé votre contrat, l’épisode est en boîte. Je tenais à vous remercier pour votre travail, vous avez tous les quatre assuré. Je tiens à remercier également Alexandra pour sa patience, sa disponibilité et sa bienveillance en de telles circonstances.

– Ça a été pour tous une très belle expérience. Merci à vous pour votre accueil et pour ce que vous nous avez appris.

– On a pu vivre, en plus de la figuration, une aventure façon Agatha Christie ! C'était génial ! » renchérit Lisa.

Théo s'avance vers Kim, Julien, Lisa et Viviane.

« Merci, je ne sais pas ce que Virgile aurait pu me faire si vous n'étiez pas intervenus.

– J'aurais aimé qu'il t'étrangle ! Non, je plaisante ! J'attends juste des excuses de ta part ! » l'interrompt la jolie Caroline.

Théo se tourne vers la jeune actrice et l'embrasse sur la joue.

« Et si nous allions tous faire une balade à cheval ? propose Alexandra. Il ne faut pas oublier de remercier nos chevaux, eux aussi ont bien travaillé !

– Sans moi ! répond Philippe.

– Et pourquoi cela ? lui demande la célèbre coach.

– C'est que… Je ne sais pas monter à cheval ! Et, pour être tout à fait honnête, j'ai un peu peur des chevaux...

– Quoi ? Tu crées une série sur l'univers du cheval et tu ne sais pas monter ? continue Alexandra. Tu viens avec nous, je serai ton professeur particulier ! Tu vas voir, toutes tes appréhensions vont vite s'évanouir. »

Philippe n'est pas très rassuré, mais il n'a pas le choix, tout le monde le pousse vers l'écurie. Il se laisse finalement convaincre facilement. C'est un élève appliqué qui fait ses premiers pas avec la troupe de jeunes cavaliers.

Chapitre 26

Quelque temps plus tard, au Haras de Brocéliande, la production de *Un amour de cheval* est invitée en Bretagne. Philippe vient projeter en avant-première l'épisode tourné avec les jeunes figurants.

Tous les élèves du haras sont rassemblés, impatients de visionner le fameux épisode.

Théo signe avec le sourire des autographes à chaque élève. Caroline n'a pas pu venir, elle est repartie sur un autre tournage, ce qui rend Kim un peu triste. Il aimait bien la compagnie de la jeune fille...

Martin est tout intimidé de se trouver face au jeune héros. Erwan Dantec, quant à lui, est très fier qu'une équipe de production se déplace jusque chez lui. C'est la fête au haras !

« Dis donc, Martin ! je croyais que tu ne connaissais pas cette série ? Je t'ai vu bredouiller devant Théo en lui demandant un autographe, lui glisse Viviane.

– Quand vous n'étiez pas là, eh bien j'ai regardé des épisodes, et ça me plaît bien, moi, ce feuilleton !

– Ah ! Ah ! Tu vois qu'on peut devenir accro en un rien de temps ! »

La projection a lieu dans la salle de réunion. Alexandra présente Philippe Webster à l'ensemble des élèves.

Soudain, Kim se lève et s'exclame :

« Hé ! Ce serait sympa que Gaylord, Fanfan, Sultan et Désir assistent à la projection, ce sont eux aussi les vedettes ! »

Éclat de rire général, et Alexandra donne le feu vert pour aller chercher les chevaux. Ces derniers sont installés à l'extérieur, et Martin leur ouvre la fenêtre. Mais les chevaux sont plus occupés à brouter l'herbe qui se trouve près de la fenêtre qu'à regarder la télévision !

Dès le retour à Brocéliande des quatre figurants et d'Alexandra, la consigne était stricte : personne ne devait raconter ce qu'il s'était passé avec Virgile lors du tournage, cela devait rester un secret.

Philippe ne veut pas ébruiter l'affaire, surtout qu'il pense que l'histoire qui vient de se dérouler sera effectivement reprise par les scénaristes de la série, et fera le sujet d'un épisode.

Le calme est revenu dans la salle de projection.

« Silence ! Je mets le lecteur en route ! » clame Erwan.

Et c'est parti, à nouveau, pour 26 minutes de feuilleton ! Une musique très entraînante emplit la salle... Le générique commence. Viviane chantonne du bout des lèvres cette mélodie qu'elle connaît par cœur. C'est un plan large sur le Haras du Loup, puis un zoom avant sur un cavalier qui s'entraîne dans la carrière... Rien n'a changé !

Viviane se sent comme hypnotisée par l'écran et glisse à l'oreille de Lisa :

« J'ai l'impression d'avoir déjà vécu cette scène. Pas toi ? »

Et les deux amies éclatent de rire. Erwan Dantec les regarde et leur demande de faire un peu moins de bruit.

La salle se remplit d'applaudissements à la vue des quatre élèves sur leur monture. Mais à la fin de l'épisode, Lisa est déçue de ne pas se voir donner la réplique à Samuel. Philippe s'approche d'elle et lui explique :

« Désolé, Lisa, mais nous avons dû couper cette scène au montage, non pas que tu aies été mauvaise, bien au contraire, mais pour une question de minutage !

– Dommage, je m'étais prise au jeu ! » lui répond tristement Lisa.

Sentant son amie déçue, Viviane lui prend la main.

« Comme ça, il n'y aura pas de jaloux !

– Parle pour toi !

– Bien sûr !

Alexandra Ledermann
Vis une aventure extraordinaire avec des chevaux sauvages !
Wii
Alexandra Ledermann
LA COLLINE AUX CHEVAUX SAUVAGES
Alexandra Ledermann
LE MYSTÈRE DES CHEVAUX SAUVAGES
NINTENDO DS
3+
UBISOFT
www.clubalexandra.com
NINTENDO DS
Wii
PC DVD ROM
Le port d'un casque répondant aux normes européennes est vivement conseillé lors de la pratique de l'équitation.

Alexandra Ledermann
Service de la bibliothèque
Ville de Brossard
GRISSEAUX · SKIAV
Alexandra Ledermann
Le Galop d'Argent
Retrouve
les aventur
d'Alexand
en BD
Déjà en librairie
Ubisoft, Ubi.com et le logo Ubisoft sont des marques d'Ubisoft Entertainment en France et / ou autres pays